江戶川亂步——著
陳冠貴——譯

和日本文豪一起推理

〈下冊〉江戶川亂步的犯罪心理筆記

目次

下冊

作者序
本書的結構
◎江戶川亂步

由於社會思想研究會出版部的建議，我試著從隨筆中蒐集了有關解說偵探小說詭計的部分。關於詭計，我另外寫過〈詭計類別集成〉（收錄於早川書房版《續幻影城》中），但這些條目是寫給對偵探小說熟悉的人，並不適合當作一般讀物閱讀。後來，我針對這篇「詭計集成」的某些部分，以更為淺顯易懂的方式寫過幾篇隨筆，因此本書也蒐集了這幾篇隨筆，加上其他關係近似的〈魔術與偵探小說〉、〈驚悚之說〉等，還有為了本書新寫的〈密室詭計〉（上冊）長達三十五張稿紙，整理成首尾一貫的文章。

〈詭計類別集成〉將八百餘種的各類詭計分成九大項目解說，這些項目與本書隨筆之間的關係，請參考下文所示。

第一、有關犯人的詭計

此項目占最大的兩部分為「一人分飾兩角」、「其他意外的犯人」，而上冊〈意外的犯人〉與〈奇特的構思〉（的一部分）這兩章節則從此兩者挑出有趣的部分撰寫隨筆。

第二、有關犯罪現場與痕跡的詭計

此項目為①密室詭計②足跡詭計③指紋詭計，上冊的〈密室詭計〉章節把①改寫得更為詳細，此外③與本書〈明治的指紋小說〉有關。

第三、有關犯罪時間的詭計

此項目因為缺乏寫得淺顯易懂的隨筆說明，本書並未刊載。

第四、有關凶器與毒物的詭計

上冊〈當作凶器的冰〉與〈奇異的凶器〉兩章節淺顯易懂地說明了此項目有關凶器的部分。關於毒物則缺乏相關的隨筆。

第五、隱藏人與物的詭計

上冊〈隱藏方法的詭計〉從此項目中選出有趣的例子詳細記載。

第六、其他各種詭計

此項目列舉了非屬第一到第五的二十二種不同詭計，上冊〈奇特的構思〉（的一部分）與〈可能性的犯罪〉詳細記載了其中的兩三種。

第七、暗號記法的分類

此項目的原文寫得稍微好懂易讀，因此在本書原封不動再次刊載。

第八、奇異的動機

這一項也與前項相同，不過內容有些省略。

第九、揭發犯罪的線索

此項目的內容非常貧乏，也無其他改寫的內容，因此本書省略。

昭和三十一（一九五六）年五月

江戶川亂步

和日本文豪一起推理（下）

變身願望

想變身的願望，是多麼普遍，以化妝這件事來說，化妝就是輕微的變身。我少年時曾與朋友玩過角色扮演的遊戲，借了女人的和服在鏡前化妝時，體驗過一種奇異的樂趣，甚至感到驚奇。演員就是把這種變身願望職業化，一整天轉化為好幾個不同人的身分。

我曾經想寫人變身為書籍的故事。可是，最後沒寫成適合大人閱讀的短篇作品，只曾經在少年讀物中稍微寫過。為什麼想寫這個故事呢？因為無論是西方的大辭典，例如大英百科全書、Century，或是日本平凡社的百科事典，用的都是專家裝幀接合的書封，就像龜殼可以裝在身上，只要把書的書背朝外，就能蜷縮手腳躺臥在大書架中。從外看來，彷彿那裡陳列著大辭典一樣，其實卻是有人屏住呼吸藏了起來。這實在是荒謬的構想，但所謂的志怪小說，就是從這種荒謬之處逐漸成形。

我以前曾寫過人變成椅子的故事。這則故事其實也是很荒謬的構想，但人化為椅子應該很有意思吧，我從這一點構思逐步展開，添枝加葉完成了《人間椅子》這部小說，而且當時獲得相當不錯的評價。

人總是不滿意自己的現狀。想成為英俊的國王或騎士，或是漂亮的公主，這算是最平凡的願望。出現俊男美女、英雄豪傑的通俗小說，也算是為了滿足這種願望而寫成。

兒童的夢想更加大膽，很遺憾的是如今的童話並非如此，但古時候的童話有許多藉由魔法師的魔力，把人變成石像、野獸，或是鳥的故事。真想試試看變成這一類的其他東西。

要是人真的變成一寸左右的大小，應該很有趣吧。古時候就曾有這種幻想：童話《御伽草子》的「一寸法師」用縫衣針當作刀，乘坐碗做的船；江戶時代的色情書刊也有「豆男」的故事：用仙術把身體變成大約一寸，因為不引人注意，他就能躲進美女的懷裡，或是滑進花花公子的袖兜，見識各種色情事，一點也不會讓對方察覺到；西方黃色書刊的跳蚤故事，也有異曲同工之妙，還更加自由自在，牠能詳盡探查人體宛如大山脈的所有部位。

人類有時候甚至會想變成浴盆的木板。「變成木板吧，變成澡盆的木板就能接觸喜歡的女孩肌膚了。」古希臘有這樣的幽默詩。我想日本也有類似的詩歌。

更尊貴的領域，則是神佛的化身。神明可以化身成萬物。例如化為全身滿目膿瘡的乞丐，考驗別人對自己是否親切，再賜予好心人莫大的福分；祂也能化作鳥、野獸、魚，什麼都能變。神明象徵了人的理想，因此祂的眾多化身，也肯定是一種人類最高願望的理想境界。這是人類多麼喜歡「變身」的一個證明。

正因如此，當我們回溯世界文學，可以看到自古以來就有「變形譚」的系列故事。雖然我覺得研究這些歷史應該很有趣，但現在我缺乏這方面的學問。最近幾年，大概在這一年間，我讀過兩篇非常有趣的變形譚。一是卡夫卡的《變形記（*Die Verwandlung*）》；一是法國現代作家馬塞爾・埃梅（Marcel Aymé）的《變貌記（*La Belle Image*）》。可是，這兩部作品都並非本身有變身的願望，描寫的是不願意卻變身的悲慘故事；與希望變身恰恰相反。

前者的故事眾所皆知，後者請容我多說幾句。這部埃梅的作品非常新，一九五一年加利瑪出版社初版發行，我讀的是 Harper 出版社的英文翻譯版。雖然整理成一本書，但比起長篇更像中篇小說。

一位有妻子的中年商人，某天忽然變身成二十幾歲的英俊青年。當他為了申請某證明書在官廳的窗口遞交自己的照片時，公務員一臉詫異問道：

「你是不是拿錯成別人的照片了？」「不，這是我的照片。」公務員覺得這個人瘋了。照片裡的是一個五、六十歲，頭髮稀薄、皮膚鬆弛的平凡男子；而當事人卻是朝氣蓬勃的二十幾歲英俊青年。他可能是在開公務員玩笑或是瘋了吧？公務員判斷是後者，慰問一番要他回家；男子則是完全不明就裡。回程路上，他無意中看見自己映在櫥窗上的模樣，目瞪口呆。是看錯了嗎？經過各種測試後，他才發現真的是自己。他脫胎換骨為判若兩人的英俊青年了。以「變身願望」而言，這名男子應該感到非常開心才對，但他是有錢、有地位，也有愛妻、愛兒的普通人，反而因此不高興，只覺得惶惶不安。天涯孤身的虛無主義者，或有犯罪傾向的人應該會欣喜若狂；但身為現實化的社會一員，他卻高興不起來。他害怕回家，因為老婆應該認不出他。

無可奈何之下，他先去找摯友，坦白說出事情的經過，但摯友並不相信。畢竟在現實世界中，這種帶有童話氣息的變身，根本不可能發生。摯友反而心生懷疑：這名男子說出這種話，該不會是把富翁商人監禁在某處，或是已經殺害，想冒充商人奪取財產吧。這名摯友是個詩人，因此很清楚兩人分飾一角的犯罪詭計。

故事到這裡有點像是偵探小說，雖然埃梅不是偵探作家，但這部作品中有許多偵探小說的要素。谷崎潤一郎的「友田和松永的故事」，以及更淺近的例子，把我的短篇作品〈一人兩角〉反過來說，就成了這個埃梅的構想。

變身男子總覺得前途茫茫。身為無人認識，又沒有戶籍的一位俊俏青年，他沒有人生重來的勇氣。他既捨不得財產，也捨不得妻子。此時他心生一計：他租了以前住的建築物中的房間，化名入住，打算讓自己的老婆與新面孔的他墜入愛河。畢竟自己的過去身分，也就是老婆的丈夫已經不存在世上，他不用擔心被說三道四。他的計畫是最後兩人結婚，恢復原來的家庭。想了又想後，除此之外也別無他法了。

於是他步入了讓自己的妻子與別人再度戀愛的奇怪境遇。這也是舊作〈一人兩角〉、〈石榴〉中，我最有興趣的境遇。他的老婆是個美女，因為有點水性楊花，讓這個計畫意外輕易地成功了。成功時他有種難以形容的奇怪心情：自己的妻子出軌，而且對象還是自己本人，身為俊俏青年的喜悅，以及身為五十歲前夫的憤怒情緒混淆不清。

他們不容許在孩子與鄰居面前發生這段違反道德的戀愛，兩人自然而然協議在外往來。就在他們屢次密會時，某天摯友詩人看見他們兩人手牽手走路。詩人當時的表情訴說了一切：他認為肯定是英俊青年的奸計最終得逞，把商人老婆弄到手了。此人想竊取摯友的財產和妻子，這可不能放任不管。而且，他的摯友一直下落不明，過了一星期，甚至十天都沒回來。事情愈來愈不得了，一定是那名長相俊俏的流氓，殺了我的摯友。我可不能再放著不管，只能去報警調查了——變身男子有一種直覺，詩人肯定這麼想。

左思右想的結果，變身男子決定和老婆私奔到遠方。為此他必須捏造各種巧妙的理由，但總之他讓老婆同意了。就在事態被逼得走投無路時，他卻宛如從一場惡夢中醒來，變身恢復原貌了。他在食堂打盹，忽然在睡醒時，發現自己變回原本五十歲的中年商人。伴隨「哎呀鬆了口氣」的心情，他還有種捨不得難得冒險的奇異心情。

他以原來商人的身分回家，不在的理由只說了因為做生意突然有急事，去外國商旅；而俊俏青年則行蹤不明，他們又開始了和以前原樣的夫妻生活。然而，這裡故事又描寫了一個奇妙的心理：那就是這個恢復原樣的中年男商人，親自證明了妻子的出軌，怎樣也無法平復的心理。妻子卻一臉若無其事，閉口不談，行為舉止宛如未曾認識其他男子的忠貞妻子；商人不動聲色地觀察妻子，這種心情與其說是憎恨，不如說是憐憫。畢竟姦夫就是自己，也沒有怒氣，甚至令人感到一種奇異的趣味。這是因為變身這種虛構設定，才能產生的一種特殊心理狀態。我很喜愛這樣的虛構故事。

我還用英文讀過埃梅的另一部作品，這篇也很有趣。一個平凡的職員頭上突然散發光環，就是類似神明頭上那種發光的圓環。這應該是因為神明嘉獎他信仰虔誠，才賜予職員的吧，但職員感到非常麻煩，也不敢走上街頭，因為他怕別人嘲笑指指點點。乾脆戴一頂大帽子藏住，連在公司的辦公室都戴著帽子。可是他這樣總是瞞不了太久，最後他所到之處都免不了被嘲笑，還遭老婆痛罵一頓，他把神的榮光當成詛咒咒罵，因為太希望光環消失，終於讓他想出個絕招，他想惹怒神明，也就是犯罪。但他從撒謊開始，漸漸加重罪行，光環卻仍未消失。更重、更重的罪，不停、不停反覆可怕的犯罪……我真想再讀讀這位作者的小說。

話題岔開正題了，埃梅的《變貌記》雖然和變身願望恰恰相反，但即使不知道上述的故事概要，也充分訴說了變身的魅力。恰恰相反也無所謂，總之與變身願望無緣的作者，寫不出這種小說。

想變身的願望，是多麼普遍，以化妝這件事來說，化妝就是輕微的變身。我少年時曾與朋友玩過角色扮演的遊戲，借了女人的和服在鏡前化妝時，體驗過一種奇異的樂趣，甚至感到驚奇。演員就是把這種變身願望職業化，一整天轉化為好幾個不同人的身分。

偵探小說的變裝也有滿足這種變身願望的作用。謎題詭計的變裝如今已經幾乎失去樂趣，但變裝本身還是很有魅力。達成變裝小說頂點的，應該算是描寫透過整形外科手術完全易容的作品吧。其代表作品是，戰前由安東尼•艾伯特（Anthony Abbot）提倡，以「總統偵探小說（The President's Mystery Plot）」為名出版的那本合著小說。關於這點，此書在〈逃避的動機〉一章有詳細描寫我就不再複述，總之他充分考量了透過整形外科變成另一個人的可能性。這算是現代忍術，一種現代的隱身蓑衣。在這層意義上，變身願望也和「隱身蓑衣願望」相關。

《偵探俱樂部》共榮社，一九五三（昭和二十八）年二月特別號

◎作者簡介

江戶川亂步・えどがわ　らんぽ

一八九四—一九六五

小說家、日本推理小說開拓者，明治二十七年生於日本三重縣明張町。本名平井太郎，江戶川亂步（EDOGAWA RANPO）為其筆名，取自現代推理小說開山鼻祖的美國小說家愛德格・愛倫・坡（Edgar Allan Poe, 1809-1849）的日語發音 EDOGA-ARAN-PO。

一九二三年以〈兩分銅幣〉躍上文壇，從此展開推理小說創作。早期作品多以解謎色彩濃厚的本格派推理短篇為主，後以充滿異色獵奇風格的變格派迎來創作全盛時期，文壇甚至以「亂步體驗」來形容閱讀他的作品後帶來的特殊感官體驗。然而獨特的寫作風格如同雙面刃，一九三二年亂步因不堪批評暫時封筆，直到一九三六年復出，發表《怪人二十面相》、《少年偵探團》等作品贏得年輕讀者的喜愛，筆下的名偵探明智小五郎與犯人周旋過招的形象，更成為日本社會中家喻戶曉的角色，至今仍可於長銷漫畫《名偵探柯南》中見其影響痕跡。

戰後致力於復興推理小說，創立了專門刊載推理小說的文學雜誌《寶石》，並設立日本偵探作家俱樂部（現為日本推理作家協會）、創辦江戶川亂步獎，藉此鼓勵推理小說創作。

一九六一年獲日本天皇頒授紫綬褒章，與松本清張、橫溝正史並稱日本推理文學三大高峰。

奇異的犯罪動機

我也是有強烈「隱身蓑衣」願望的男人，以前的作品有許多描寫了「偷窺」的心理也是源自於此。《屋頂裡的散步者》藏在天花板上層這個隱身蓑衣中幹壞事，還有藏在《人間椅子》這個隱身蓑衣中談戀愛，全都是這個願望的變形。

在偵探小說中非常重要的主題，無疑是犯罪動機。談到偵探小說，很多時候如果知道真正的動機，犯人也就因此水落石出了，所以自古以來的作者，絞盡腦汁來隱藏動機，也有不少作者創造出異於常人想像的動機。除了一般意義的謎題詭計之外，也可能出現動機本身就是謎題詭計的狀況。

在塞耶斯（Dorothy Leigh Sayers）、湯姆森（June Valerie Thomson）、赫克拉夫特（Howard Haycraft）、范・達因等人的偵探小說論中，很奇怪的並未特別將動機挑出來寫。僅有嘉露蓮・威爾斯和弗朗索瓦・福斯卡的著作，雖然簡單但特別提到動機的議題。威爾斯的《偵探小說的技巧》（一九二九年改訂版），第二十三章標題就是「動機」，但分量僅有兩頁多，極為簡略。以下是部分摘錄：

「最令人感興趣的動機當然就是『金錢』、『戀愛』以及『復仇』了。細分這些動機，還有憎惡、嫉妒、貪欲、保全自我、功名心、遺產問題等等其他許多項目。總之包含了人類感情的所有範疇。

「有時候也會用到稀有的異常動機。譬如 Henry Kitchell Webster 的《細語之人》中的殺人狂、詹格威的《大包奇案》中的奇妙動機就是這一類。可是，這些是例外的作品，最好的還是任何人皆能立刻理解的動機。而且，愈單純的動機愈容易讓人理解。畢竟殺人是人類最原始的衝動所引發，無論小說的情節多麼複雜微妙，都要盡可能選擇單純明瞭又強而有力的動機，才是聰明的做法。

「如果故事情節允許，最好不要把動機帶到太遙遠的過去。像道爾的《血字的研究（*A Study in Scarlet*）》、格林（Anna Katharine Green）的《*Hand and Ring*》這種，讀完冗長的小說後，卻發現犯罪動機的說明要追溯至三十年甚至四十年前，實在讓人受不了。這兩部作品在其他方面確實是優秀的偵探小說，但最後才說明讀者怎樣也無法推測出來的動機，是一大缺點。」

我以前的想法也大致上與威爾斯相同。在我做謎題詭計的筆記時，忽略動機也是這個原因。可是，因為偵探作家逐漸難以對一般意義的謎題詭計發揮創意，他們就開始設計謎題詭計即為動機本身。一般認為早期作家的卻斯特頓與克莉絲蒂是對這個動機創意著力最深者，不過近年來甚至出現不著眼於找犯人，而是找動機的偵探小說，動機逐漸成為偵探小說最重要的主題。

那麼，前面的引文中提及威爾斯舉出三項動機「金錢」、「戀愛」、「復仇」，就更加重要了，不過光這樣還不足夠，請容我轉載弗朗索瓦•福斯卡的《偵探小說的歷史與技巧》（長崎八郎譯，昭和十三（一九三八）年，育生社發行）第九章開頭列舉的動機表如下所示：（福斯卡的書中並沒有「動機」的章節，只不過在第九章的文中刊載此表，也沒有另外特別說明）。

一、激情犯罪（戀愛、嫉妒、憎惡、復仇）

二、利欲犯罪（貪欲、野心、自私自利型的安定）

三、瘋狂犯罪（殺人狂、變態性欲者）

威爾斯雖然不重視第三個項目，但這一項意外的有許多作家使用，不容遺漏。上述第二項括弧內的「自私自利型的安定」這個翻譯看不懂什麼意思。因為我沒有原著，也不過是推測而已，不過我猜大概是「自我的安全」也就是防衛的意思吧。應該指的是殺死知道自己過去犯罪的人，或是在壞人的陰謀前先下手為強，反過來殺死對方之類的情況吧。

為了方便下文記述，我把這張表增補為以下所示：

一、感情的犯罪（戀愛、怨恨、復仇、優越感、自卑感、逃避、利他）

二、利欲的犯罪（物欲、遺產問題、保全自我、保持秘密）

三、異常心理的犯罪（殺人狂、變態心理、為犯罪而犯罪、遊戲型犯罪）

四、信念的犯罪（基於思想、政治、宗教等信念的犯罪、因迷信而犯罪）

福斯卡表中的第一項雖然翻譯為「激情犯罪」，但冷血無情的復仇計畫也屬於這個項目，這個用語太強烈了。單寫為「感情的犯罪」涵蓋範圍應該比較廣。此外，除了福斯卡表中的項目以外，我還補充了第四項的「信念的犯罪」這一項。

有政治犯或是狂熱信徒的犯罪，基於其他特殊信念的犯罪，動機難以計入第一到第三的某一項目，因此我另外設立一項。此項目的一部分是政治、宗教等秘密結社成員引起的殺人案，屬於間諜小說其他類，雖然自古以來就是不太受偵探小說歡迎的動機（范．達因的「偵探小說二十則」第十三條排除了秘密結社的犯罪），可是偵探小說中這樣的作品例子並不少；而且另一個因迷信而犯罪的動機也屢屢得到偵探小說採用，因此在各種意義上，這個第四項目還是必要的分類。

以上的四項當中，第一項的優越感、自卑感、逃避的三個實例很有趣，因此容我記錄於下文。

優越感與自卑感的動機

這是知名作品經常使用，非常強大的感情動機：為了證明自己的優越而犯罪；以及相反的——為了對自己擁有的自卑感報仇而犯罪。

優越感與自卑感是一體兩面，若不證明自己的優越感，就無法善罷甘休，這也算是意識中存在自卑感；而用來克服這種自卑感的則是優越感。例如斯湯達爾（Stendhal）的《紅與黑》與布爾熱（Paul Bourget）的《弟子（*Le Disciple*）》，主角的那種優越感和自負心理，就潛藏著出生於社會下層家庭的自卑感。在偵探小說中，也有把優越感放在表面，以及把自卑感放在表面的兩種例子。前者的好例子是西默農（Georges Simenon）的《人頭（*La tête d'un homme*）》的犯人心理。源自於貧困與不治之症的絕望，嘲笑富裕階級而進行犯罪，動機精采地交織了自卑感與優越感。此外，范・達因的《主教殺人事件（*The Bishop Murder Case*）》的犯人也是無法以憎惡或利欲來說明，單純為了優越感就殺了許多人；而他的自卑感則是因為高齡喪失學術研究的能力。另一個例子是菲力爾帕茨《紅髮的雷德梅茵家族（*The Red Redmaynes*）》的犯人，雖然他的動機伴隨著利欲，但生活在社會的弱者想在犯罪世界高傲地證明自己的優越，大概也有這種心理作祟。

與此相反，昆恩的《Y的悲劇》應該算是把重點放在自卑感的作品例子了。持續被妻子虐待的丈夫，透過巧妙的手段把殺害妻子的夢想，以小說情節的方式書寫留存下來，在他死後，天真的幼兒按照他寫的情節執行，表面上雖然是死後的丈夫對妻子復仇的形式，但心理上則是對自己的自卑感復仇，而且自己沒有執行的能力，僅透過寫成小說聊以自慰罷了。

再舉一個例子，這是英國的長篇作品：兩人是幾十年來的摯友，從來沒發生過爭吵，其中一名男子卻暗中計畫殺了另一方。這篇作品毫無一般意義的復仇動機。兩人從青年時就在相同的環境下長大，被害人無論做什麼都比凶手更高一等，而凶手則必須不斷地追隨驥尾。直到了中年的現在，被害人已經是大富翁，有高等的社會地位；而凶手儘管也過著還算寬裕的生活，但和對方一比全都相形見絀，連住所都是對方的房子好意便宜租給他的。甚至打獵等運動，他們總是和睦地一起出門參加，但因為一種主人和隨從的壓迫感經常湧上心頭，使他無法真正和對方較量。這種長年來的自卑感，成了他唯一的殺人動機。他透過巧妙的詭計製造了不在場證明，毫不引人懷疑地達成殺人目的。凶手與被害人是人見稱羨的摯友，一方死亡後另一方並沒有物質上的利益，任誰都想像不到，發現朋友死亡最悲傷的這名男子，竟然其實是真凶。這也是把意外的動機本身當作謎題詭計之一的作品。

此外，美國的知名文學作家所著的短篇偵探小說，曾有這樣的情節：某位擔任實業家秘書的青年，因為主人始終只把自己當作傭人，機械式的應付，而沒有展現對待人的親切感，由此鬱積自卑感，為了這個原因，最後起了殺機，想出膽大包天的不在場證明詭計，犯下殺人罪。當然這並非物欲，也不同於一般意義的復仇，這種犯罪只能從自卑感與優越感來解釋了。

英國某個不怎麼知名的作家短篇作品，有一篇〈無動機殺人〉的奇特作品。其實並非沒有動機，而是動機超出常識。一位文學家性格的貧窮貴族，受鄰居富豪的唆使，偷了一位青年的發明，然後透過製造那件發明品成為大富翁。這個貴族到了老年，漸漸開始厭惡鄰居富豪。對方完全是出自好意才這麼做；他很清楚是接受唆使的自己不對。儘管如此，要是那個男的沒講這件事，自己就不用像這樣一輩子受著良心上的折磨，一想到這就不禁憎恨對方。這份憎惡日積月累，某天當他以親密友人的身分進入富豪的房間時，突然在衝動下以手槍射殺了對方，任何蛛絲馬跡都沒留下。和前個例子一樣，他們的關係好到連一次吵架都沒有，因此毫無引人懷疑的動機，成了一起疑難事件。這名凶手的心理與其說是自卑感，不如理解為極端的利己主義更合適。把自責的念頭轉嫁給別人，宛如藉由殺了這個別人，就能抹去自責念頭的妄想，這種動機應該理解為無可救藥的利己主義吧！

逃避的動機

上述的例子算是為了逃避痛苦的一種犯罪，而與上述例子在不同意義上，有兩位作家想出純粹為了逃避（escape）而犯罪的情節。其中一人是前美國總統羅斯福（雖然他不算作家）；另一人則是英國的悖論家卻斯特頓。這些例子姑且擁有犯罪的外貌，但皆非真正的犯罪。

偵探作家安東尼・艾伯特在擔任《*Liberty*》雜誌記者時，經常訪問羅斯福，總統是有名的偵探小說愛好者，而艾伯特是作家，因此兩人交談的話題經常是偵探小說。某次艾伯特向羅斯福邀稿，請他試著自己寫一部偵探小說，總統表示我很忙沒空寫，但想好了偵探小說的劇情大綱，可以把大綱讓專業的偵探作家寫寫看。艾伯特得到這回應大喜過望，立刻動員了以范・達因為首的六位知名作家，讓他們為總統擬訂的長篇偵探小說分攤執筆，然後把這本書打著「總統偵探小說」的旗號發售。這本書的封面以擬訂者的身分印著大大的羅斯福名字。

這個總統擬訂的情節非常有趣。這部偵探小說的核心是，在大政治家與大實業家的意識下，藏著潛在願望——希望從這世上完全銷聲匿跡的謎題詭計。

這個總統設計的主題是，有一名男子打算完全逃離現在的環境。在實業界知名的百萬富翁，對現在的生活環境感到厭煩，希望到異鄉以完全不同的身分展開新生活。雖然他希望脫胎換骨，和家人、親戚、知己，自己的社會地位種種一切斷絕關係，可是唯有金錢他想帶走。譬如他的財產如果有七百萬美元，他希望留下約其中的兩百萬美元給家人當生活費，帶走五百萬美元。而且，他還希望無論家人或朋友怎麼找，都絕對不會發現他。

這實在很像大政治家或大實業家潛在意識中的願望，我認為羅斯福總統會思考這種問題非常有意思。東洋自古以來也有這種思想——高位高官者想遠離現世的煩憂進入山林，過起隱者生活，這種事並不稀奇，其中俗氣的則是豔隱者。東方思想連錢都是遠離的對象，但美國的逃避卻還要帶著大部分的財產，真不愧是入世風格。而且，希望脫胎換骨展開截然不同的生涯，這並非隱者，而是更為積極的矯正人生。正因如此，這種逃避伴隨的難度非常高。如果要社會知名的實業家，放棄所有財產，遠渡到南美或澳洲，以一介窮人的身分生活，或許並不太難，但若他要帶著五百萬美元的錢財，就必然會留下線索。縱使換成寶石帶出去，只要賣出就會被發現。為了完全消除這份擔憂，需要和重大罪犯幾乎相等的奸計頭腦，因此出題給六位作家，希望他們可以想出方法解決。作家們對此問題提出了怎樣的解答呢？

我很早就擁有這本《總統偵探小說》，但沒什麼意願讀聯合寫作之類的作品，只看過序文就丟著不管了，為了寫這篇記錄，才總算全部讀完。讀了以後我才發現比想像中有趣，以下這部分冗長又不協調，趁著印象還鮮明，請容我稍微寫得詳細些。

獲選為合著撰稿者的六位作家是魯伯特•休斯（Rupert Hughes）、薩繆爾•霍普金斯•亞當斯（Samuel Hopkins Adams）、安東尼•艾伯特、麗塔•韋曼（Rita Weiman）、范•達因，以及約翰•厄斯金（John Erskine）。他們以此順序撰稿，匯集成一部長篇小說。首先是負責第一回故事的休斯決定了主角的處境。主角是開了一家律師事務所，累積七百萬財富的中年男子（據說在美國律師也可以成為百萬富翁），他的妻子是女演員出身的俄國美女，為了錢跟他結婚。她總是瞞著丈夫和年輕的運動員相好。丈夫知情後雖然提出離婚，但要那女人離開財產可不得了，她不答應離婚威脅要自殺。律師因為這種事（還有其他一些原因）愈來愈厭煩現在的生活，決心要脫胎換骨過全新的人生，因而開始做長期準備（這可能和總統的立意有些出入吧？我想出題者的原意應該是社會地位極高的人物，因厭倦名聲導致對生活的束縛，興起想逃避的動機。若以夫妻關係不合等因素當作主要動機，就削弱了總統在心理層面的構思了）。

他化名拜師學腹語術作為逃避的第一步，在沒有任何人察覺的地方，練習變聲半年。然後，他學會模仿任何人的聲音（這是模仿口技，若在日本，應該找模仿專家拜師學藝而不是腹語術師）。

負責第二回故事的亞當斯寫的情節是，接著他為了使表情、手部動作、走路習慣等一切行為變成另一個人，決定去拜演員為師，持續練習了數月。然後，他把持有約五百萬美元的股票，透過某仲介商，花了一個月的時間避人耳目處理掉，全部換成現金。

第三回故事由艾伯特所寫，他不愧是這部合著作品的倡導人，寫得非常用心。我想敘述的感想主要也在這個部分。故事到這裡，主角終於連同長相動了全身整形外科手術。可是，要捏造一個完全架空的人物，拿著五百萬美元開始新工作，有充分引人懷疑的疑慮。因此他吩咐私家偵探社，幫他找從實業界引退的資產家，單身又沒有親近的親戚，因心臟病已被宣布死期的人。畢竟美國這麼大，也不能說絕對沒有符合這種困難條件的人。結果，他在某地區醫院找到了。律師前往那家醫院與那名病人見面，答應他必定找出他下落不明的妹妹照顧她，買下這名人物以前的經歷。然後他和這名心臟病患者，一起到距離紐約遙遠的小城市整形外科醫院住院。

這家醫院院長是整形外科的高手，因為醫院的建築物不算氣派，律師提出支付龐大建築費的條件，要醫生為他的客戶負責全身的整形手術，但完全不准過問。當然律師做這些交涉全都用固定的化名。易容的範本是心臟病患者，手術參考患者生病前的照片，仿造成健康時的他。從這裡開始是整形術的描寫：改變髮色與捲度；調整髮際；改變眉毛、眼瞼；削骨改變鼻子、下巴、臉頰的外形；改變嘴巴、耳朵；削肩膀的骨頭變成斜肩；從頭到手腳指尖，全部變形改造為另一個人，當然這需要將近一年的時光。

隱身蓑衣願望

這裡且讓我稍微說句題外話。童話故事中有所謂的「隱身蓑衣」，只要穿上那件蓑衣，別人就看不見自己了。無論做什麼惡作劇、幹怎樣的壞事，做任何事對方都看不見自己。這算是人類幾千年來的夢想之一吧！因此這種童話在全世界都很受歡迎，西方有H・G・威爾斯的《透明人》（*The Invisible Man*）；日本則有猿飛佐助的忍術，勾起眾人的興趣。好人固然想要隱身蓑衣；壞人就更想要了。畢竟只要有這樣寶貝，他的字典裡就沒有「不可能」三個字了。

艾伯特的外科易容術即為最科學化的「隱身蓑衣」。其實羅斯福原本的出題目的，就是要求某種「隱身蓑衣」。這位大政治家的意識下，也有強烈的「隱身蓑衣」願望，艾伯特深有同感才會以整形外科手術來答題。

我也是有強烈「隱身蓑衣」願望的男人，以前的作品有許多描寫了「偷窺」的心理也是源自於此。《屋頂裡的散步者》藏在天花板上層這個隱身蓑衣中幹壞事，還有藏在《人間椅子》這個隱身蓑衣中談戀愛，全都是這個願望的變形。迷戀於傑克・倫敦（Jack London）的《光與影（*The Shadow and the Flash*）》與H・G・威爾斯的「隱形人」的感覺，以及受到淚香的《幽靈塔》、《白髮鬼》的吸引，我自己會改編這些作品，也是來自這個願望。

說到淚香，他的代表作有《噫無情》、《巖窟王》、《白髮鬼》、《幽靈塔》等等，內容全都包含這個「隱身蓑衣」願望，頗有意思。《噫無情》的前科犯變成完全新身分的大工廠老闆；《巖窟王》則是從本應葬身海底的越獄者，變成宛如王者的存在；《白髮鬼》則是從墳墓復活的人，以別人的身分和原本的妻子再婚，這些故事都非常強烈地訴諸讀者的「隱身蓑衣」願望。我們在少年時期，醉心於這些作品的理由，多半可能是因為這個因素吧！

《幽靈塔》故事中寫出奇怪的老科學家，透過電力的作用，能自由變換女主角的容貌，這個方法帶有許多魔術性質，並且未出童話的領域。艾伯特則將此方法近代化、科學化了。我也在改寫《幽靈塔》時，把外科易容的地方改得比原作更科學，加上近似於艾伯特的說明，但我缺乏外科手術的知識，幾乎以常識書寫，因此寫得不如艾伯特那般詳細。此外，我的中篇小說《石榴》也採用此方法，雖然有大致的描述，但還是在舉例之類的點上，還沒寫到艾伯特那樣的地步。可是，艾伯特的描寫也並非完整。如果只對這部分集中注意力，充分蒐集資料的話，應該可以描寫得更科學、更詳細才對，而現代的「隱身蓑衣」至少也應該在理論上得以完成。

在外科易容術當中，唯有一個艾伯特採用的手法我完全沒想到。近年來，已聽說有人設計出把薄玻璃或合成樹脂製成的鏡片，附著於眼睛的角膜上取代眼鏡的方法，但艾伯特在一九三五年的這篇作品中，早已採用此方法作為易容的辦法。無論臉部的其他部位如何改變，只要眼睛是原本的模樣，此人的身分立刻會被識破。要是反過來藏住眼睛，即使其他部位相同，也難以辨別這個人是誰（可以想想賞櫻時目鬘面具[1]的效果）。眼睛這個最難處理的部位，如果眼皮中也能放進薄玻璃，甚至連眼睛顏色與黑眼珠的大小都能自由改變，就能達到最好的喬裝效果。我認為艾伯特意識到了巧妙之處。

順便說一下，罪犯的這種外科易容，現實生活中從第一次大戰前後即開始施行。昭和二十五（一九五〇）年三月由岩谷書店出版，索德曼（Harry Söderman）與歐康諾（John Joseph O'Connell）合著的《現代犯罪搜查的科學》，讀者可以參考「整形外科及犯罪的鑑識」的條目，當中舉出一些罪犯企圖用外科手術易容的實例。這裡容我引用書中要點：「（第一次大戰前雖然也有幾個外科易容的案例報告）第一次大戰以來，有數件相關報導出現在報紙上。知名的罪犯約翰•迪林傑（John Herbert Dillinger）他的臉就被推斷曾接受外科手術。書中呈現的是迪林傑手術前的兩張臉，以及手術後的兩張臉。可是，我們看照片可以發現，他的易容處其實甚少。毫無疑問的，高明的整形外科醫生可以讓容貌有驚人的變化。然而，如果罪犯不切斷和他過去周圍的關係重新出發，那麼我們將發現容貌變化幾乎毫無價值。這個方法最終容易失敗的原因有兩個：其一是普通的容貌很難改造出真正能騙過別人的變化，縱使可能辦到，也會長期殘留手術的痕跡；其二是很難在陌生的地方定居，要長期停留在未知的地方直到手術痕跡治癒確實有其難處。」

可是，這類困難在「總統偵探小說」的情況下，對這種百萬富翁來說一點也不算障礙。因為他正希望在未知的地方定居。此外，易容的完全與否，由罪犯能夠花費多少費用與多少日子而定。儘管這一切條件困難重重（得到醫生同意、在長期手術中能夠瞞過眾人眼目、讓醫生永遠保守秘密等等），如果還是能夠克服，那麼比起上述實例被警察逮捕的罪犯，應該更能成功易容到難以辨別的地步。或者我總認為，也不能斷言絕對沒有罪犯實現了這種大易容，並實際躲過了警方的耳目。

那麼，題外話談得非常長了，回到正題，那位易容的範本、心臟病患者在外科醫院死亡，在此完成了角色替換。律師取代本來心臟病那個人的身分。心臟病患者的屍體則埋在當地，墓碑刻上到目前為止律師使用的化名。

負責第四回的韋曼，接著寫了如何抹去律師本人的存在。畢竟再怎麼完全變成另一個人，若在紐約下落不明的律師沒有被認定死亡，社會就不會認可。接下來是偽造屍體的手段：律師又雇用了私家偵探，（當然用的是化名）找出苦於欠債，品行不端的醫學生，以鉅款賄賂，要他從醫學校的實驗用大體存放處，偷出年齡、體型的條件和自己相似的大體；另一方面用自己一直停放在紐約郊外車庫的汽車，把穿了自己衣服的大體放上車，連同汽車一起從懸崖摔下，偽裝成意外身故的狀態。摔落時汽油爆炸，屍體燒得焦黑，容貌等特徵也無法辨識。

第五回由范・達因負責，但還剩一回故事才能收場，這裡的情節就開始漸漸不合理了。范・達因的文章也幾乎乏善可陳。汽車事故的報導登上了報紙，因為是知名的律師，也引起一陣轟動；他甚至暗自竊笑地閱讀著自己的死亡報導，計畫很順利。葬禮的日期也決定了，並在報紙上宣布。他基於一種優越感，以及為了想測試熟人是否能辨識出他，甚至出席了自己的葬禮。可是，在場沒有任何人認出他來。就連原本的妻子，和他見面也沒發現。

然後，從這裡開始的後文實在沒意思。他明白自己幹了一件非常失策的事：因為某原因，故事劇情中再次檢查屍體，發現屍體頭部有槍傷彈孔，頭蓋骨內甚至還留有子彈。他一時疏忽沒注意到，偷出來的竟然是自殺者的大體。這段情節實在很牽強，總之經過種種過程後，結果竟是律師的妻子有殺人嫌疑，（以下第六回為厄斯金負責）為了洗清她的冤罪，他讓那番費盡心血的計畫付諸流水，對警方坦白一切真相。可是他也不必再次和惡妻住在一起了，因為他得知了妻子在故鄉俄國還有丈夫，犯了重婚罪。就這樣，結局實在很無聊。雖然這部作品不像日本過去的合著作品那麼荒誕不經，但還是暴露了聯合寫作的缺點。

合著作品的梗概如上述告終，那麼，仔細想想，從休斯到韋曼這四回故事的各種易容計畫，其實有非常大的缺陷。要完全保守犯罪的秘密，原則上應該是沒有搭檔，自始至終單獨行動，但這個主角卻把這個原則打破得四分五裂。除了他自己，有無數人參與他的秘密計畫。腹語術師、演員、賣出股票的仲介人、整形外科醫生、找出心臟病患者的私家偵探、偷大體的醫學生，以及找出那名醫學生的私家偵探，光是直接關係者算起來就有七人了，其他還有例如外科醫院的助手和護士、練習腹語術或姿勢的房子管理員和傭人，以及仲介商的店員等等，根本搞不清楚同樣看見他奇妙行動的人有幾個。這當中只要有一人落入名偵探手上，之後就可以透過他揭露律師的行動，還有只要這七名直接關係者中，有某人想說出真相，也會連鎖式拆穿真相，實在萬分危險。主角一方面策畫了如此周密的計畫，卻在另一方面宛如小學生天真，犯了個明擺著的疏失。

前述「搜查的科學」雖然只在乎手術的痕跡，但以實際問題而言，癥結點就在這裡：至少整形外科醫生就掌握了秘密，還有他的助手、護士。一想到這點，罪犯藉由外科易容形成隱身蓑衣，無疑還是件難事。

「總統偵探小說」的感想長了點，那麼轉到下個話題吧。

逃避的其他例子

卻斯特頓的短篇作品（未日譯）中有一篇以逃避為動機的奇妙作品。我閱讀這篇作品時大受感動，還在筆記的後面寫上「我感受到偵探小說的根本趣味是悖論，不可能的趣味是一種悖論（思想的魔術）」。與謎題詭計不同，文中的卻斯特頓一流的邏輯，給我這樣的感動。而這部作品的劇情是，一位富有資產的大詩人，窮盡一切奢侈與享樂後，對詩人的地位感到煩膩，希望以完全的新身分脫胎換骨。然後他想出了以下的隱身蓑衣：

他有一個平庸的弟弟，在市場郊外從事雜貨商，過著無憂無慮和平的日子。天才詩人很羨慕這種平凡。因此他給這個弟弟很多錢，要他去外國長途旅行；自己則喬裝成弟弟（因為是兄弟，長相相似），打算心滿意足地當個雜貨商的平凡老闆。

於是，兩人商量後，首先由弟弟去市場附近的海水浴場的更衣小屋中脫掉衣物，赤裸下海游到距離遙遠的冷清海岸。他在海岸的岩石陰影下，事先準備了其他服裝與旅行包等等。弟弟穿上衣服，走了條不會遇到相識者的路，直接出發去外國旅行；另一方面哥哥詩人則在之後進入更衣小屋，把弟弟的衣物全都穿上，剃掉鬍子，直接回到弟弟的雜貨店，以這家店老闆的身分開始新生活。

此事以社會角度來看，發現富翁哥哥下落不明，因為沒留下任何線索，就免不了懷疑可能得利者，由此筆法來看，自然懷疑起弟弟，他是唯一的財產繼承者。於是弟弟的雜貨商開始接受調查，結果透過名偵探的奇特推理，暴露了兄弟替換的真相。這種狀況下，偵探若沒有理解詩人異常心理的能力，就無法偵查成功。

這種超乎常識的動機，以范・達因流的思考方式而言，是不正當的，但到了卻斯特頓的手上，卻成了感覺不到絲毫不滿的有趣小說。而說明這個奇特的動機，則用了前述精湛的悖論。

雖然和以上兩個例子的逃避意義不同，但李察・霍爾（Richard Hull）的倒敘偵探小說《謀殺我姑媽（*The Murder of My Aunt*）》，故事敘述一名不良青年因為希望過著任意隨性的奢侈生活，而意圖殺害束縛自己自由、代替父母扶養他的姑媽，這個動機也是想逃避現在嚴格又陰鬱的生活。關於《謀殺我姑媽》，我已經把梗概記錄在《幻影城》所收錄的「倒敘偵探小說再起」中，這裡就不再重複。

還有一個有趣的例子屬於此項目。《陸橋殺人事件》的作者諾克斯，現在是位居主教之位，甚至寫過《諾克斯聖經》的偉大學問僧，但就像在奇特的短篇作品《密室的行者（*Solved by Ivspection*）》可以看到的，他其實是能想出極端劇情的人，動機的設計大膽果斷，如下所述：

這是一名罹患不治之症被醫生宣告死期的男子，為了避免痛苦而歷盡艱辛的故事。他很膽小無法自殺，既然自己死不了，那就只能讓別人來殺他了，但又找不到主動想犯下殺人罪的「熱心人士」，因為必須靠自己創造出這樣的對象。於是，假設真的沒人願意殺了他，最佳解法就是自己殺了某人，再因此被判死刑，這就是他想出來實在很拐彎抹角的方法。這則故事我也已經在〈意外的犯人〉一節詳述過，請各位讀者逕行參閱。

摘錄自《寶石》岩谷書店，一九五〇（昭和二十五）年八―十一月號連載的隨筆

譯註1　只遮住上半張臉，眼部挖洞可完全露出眼睛，畫有頭髮、眉毛、睫毛等圖樣的厚紙面具。

偵探小說中出現的犯罪心理

這同時包含了為了作惡而犯罪、挑戰禁忌的不可思議心態，以及犯罪後只要招供就會毀滅，因而令人忍不住想招供的不可抗心理。這就是站在頭昏眼花的懸崖上，因為害怕而想跳下來的那股衝動。

偵探小說本來的目的，就在於運用邏輯解開複雜謎題的樂趣，作者幾乎不會從正面描寫罪犯的心理。「犯人的意外性」簡直等同一個滿足條件，因此犯人直到小說最後都不會露出真面目。也就是，作者沒有進一步細描寫犯人的心理或性格，一旦犯人暴露了，偵探小說就結束了，這是偵探小說一般的形式。換句話說，偵探小說就是從偵查犯罪事件的角度來描述的小說，雖然會詳細描寫偵探的性格，但犯人方面就只能以間接方法來描述。所能描述的並非犯人這個人，而是巧妙的犯罪手法。儘管如此，優秀的偵探小說還是經常出現罪犯的心理與性格。雖然不是從正面描寫，但還是會顯現令人深受感動的罪犯人性。

長篇偵探小說中描述精心設計犯罪的犯人，經常是一種虛無主義者。他們是不信仰宗教及道德的人，不怕神也無懼良心，他們怕的唯有刑罰而已。不，甚至屢屢有不怕刑罰者登場。也因為偵探小說是一種謎題文學，這種犯人的設定最為方便。把機械式的冷血當作條件，精心設計的犯罪就不會落入情感上的錯誤。這種冷血犯人最適合代入虛無主義者了。

說到把罪犯的心理描繪得活靈活現的偵探小說，我第一個想到的就是法國作家西默農的《人頭（*La tête d'un homme*）》（日譯本又譯為《蒙帕納斯之夜》），這部心理偵探小說的主角青年拉狄克是天才型的，而且是名極度貧窮的遺傳性脊髓病患者，對於在社會飛黃騰達已感到失望。梅格雷偵探對此犯人的評論是：「如果在二十年前，他會是一位無政府主義的鬥士，可能會去某處的首府投擲炸彈吧！」

比起《罪與罰》的主角拉斯柯尼科夫，拉狄克是該性格更極端類型的人物。他看穿某個富翁浪子想殺妻的心理，替這名男子犯下殺人罪，向他勒索鉅額的封口費。而且他還巧妙地把這個罪名嫁禍給一個毫無關係的愚蠢男子，自己則泰然處之。接著，這部小說從頭到尾就是偵探梅格雷與犯人的心理鬥爭。

這名犯人對神和道德都否定又輕蔑。他認為神與道德的本質之所以會因時因地而異，說穿了不過就是一個社會性功利的證據。譬如像是一夫一妻主義與多妻主義、拿破崙的大量殺人與個人的殺人犯，他看透了同樣的行為在某時代某地方就是善；在某時代某地方就是惡。於是他輕蔑道德上禁忌的嚴肅性。

可是，這名犯人就和拉斯柯尼科夫一樣，雖然否定良心，卻又受良心譴責。而且更大的矛盾是，這些罪犯是虛無主義者，卻又無法捨棄自尊心（真正的虛無主義者應該連自尊心都拋棄了才對），讓他們犯罪的正好就是扭曲的自尊心。這來自一種我是天才、是超人的傲慢，瞧不起社會，警察也算不了什麼的超絕心理。這種自尊心墮落後，就成為所謂罪犯的虛榮心。犯罪後的拉斯柯尼科夫在咖啡廳遇見檢察官，向他炫耀紙鈔捆，這種心理在拉狄克身上成了更誇張的挑戰。而且，許多更幼稚的罪犯寄送挑戰狀給警察署的心理，正是與此相關。

不過，這些挑戰心理除了表面上的虛榮心以外，背後還隱含了另一個心理，也就是招供衝動的心理。這個招供衝動的極端形式，我們可以在愛倫•坡的短篇作品《悖理的惡魔（*The Imp of the Perverse*）》看到。這部短篇作品是一般狀況下不該做的事，正因如此他說明了一種躍躍欲試的不可抗衝動。這同時包含了為了作惡而犯罪、挑戰禁忌的不可思議心態，以及犯罪後只要招供就會毀滅，因而令人忍不住想招供的不可抗心理。這就是站在頭昏眼花的懸崖上，因為害怕而想跳下來的那股衝動。《悖理的惡魔》的主角在人山人海的大街上，大聲喊出自己的殺人罪，是他無論如何也阻止不了的衝動。

由范・達因所著的《主教殺人事件》的迪拉特教授，雖然不是一般定義的虛無主義者，但仍算是蔑視道德者的顯著例子。因身為學者而有道德障礙，在犯罪史上的實際例子也不少；而早期出現的偵探小說則以夏洛克・福爾摩斯的勁敵莫里亞蒂教授等人為例子。《主教殺人事件》的迪拉特教授心理把這點逼到極限，他超凡的性格根基來自從數學和物理學以及天文學的宏觀來看，像是地球上的道德、人類的生命，都是不足以當一回事的心理錯覺。

范・達因以費洛・凡斯的角色如此說明這種心理：「數學家以光年這種巨大的單位來測量無限的空間；另一方面又以微米的百萬分之一這種極度微小的單位，來衡量電子的大小。他們所見的眼界是這種超絕的眺望，在這種眼界中，幾乎忘卻了地球與其上居民的存在。譬如某種恆星的大小是我們整個太陽系的數倍，這個巨大的世界對數學家而言，不過僅是分秒的瑣事。銀河的直徑據沙普利所言，有三十萬光年。而說到宇宙的直徑，必然是銀河的一萬倍。

「然而，這些不過是入門的小問題而已，是出現在天文觀測器司空見慣的事。高等數學家的問題又更廣得多了。以人類角度來說，現代數學的概念經常讓人脫離現實世界，以至於只生活在純粹思考的世界產生病態性格。譬如席柏斯坦論述五、六次元空間的可能，推算在某事件發生前就有能夠預見的能力。埋頭於無限這種概念的人，頭腦會變得古怪也是理所當然……如此這般。」

在地球上的人類陷於極微小的存在時，科學接近虛無主義。可是，如此的虛無主義產生罪惡時，可笑的是肯定會混入與這種超絕思想相反的想法。迪拉特教授就是這種道德障礙者，他直接被個人名聲這種地球上極微小的執著所拘束，以犯下殺害眾多人的罪行作為維持他名聲的手段。他仿照鵝媽媽童謠的劇本，接連不斷殺害無辜的人們。

偵探作家中，除了精心設計巧妙的謎題以外，還有人與眾不同，擅長描寫惡人。黑岩淚香就是描繪惡人的天才，他的各翻案作品描繪的惡人比原作更加絕妙；而西方作家則有英國艾登・菲力爾帕茨的偵探小說能夠給人這種感覺。他的《紅髮的雷德梅茵家族》即為此典型的作品。主角也一樣是道德障礙者，但他不像拉狄克與迪拉特教授那樣，打從犯罪的一開始就是因為半自暴自棄的心理作用，他極端踏實又功利，堅決避免被發現犯罪。因此他的詭計更加細緻，伴隨著認真積極的邪惡熱情。

《紅髮的雷德梅茵家族》並非以暴露真凶作結，其後還附了一段長篇的自白文。那是凶手邁克爾・潘丁在獄中書寫的傳記，當中有一段這樣的文字：

「有良心的、會後悔的、因一時激情而犯案殺人的人，他們不管怎樣巧妙地隱瞞犯行，最終明顯都是失敗。被發現的第一步正是罪犯心中潛藏的後悔。世上的愚蠢者都無法避免這種失敗。可是像我自己確信會成功，不為絲毫的不安所擾，沒有任何感情介入的餘地，深謀遠慮地策畫後行動，這種犯罪一點危險也沒有。這種人在犯罪後，可以品嘗莊嚴的心理喜悅感，如此的喜悅本身就是他們的報酬，更是一種支撐他們的精神支柱。

這世上的所有體驗中，哪裡還有如殺人般驚奇的體驗呢？任何科學、哲學、宗教的魅力，都無法與擁有這種罪大惡行的神祕、危險，以及勝利感相比。在這個嚴肅的罪行面前，一切都等同兒戲。」

可是，儘管如此，這名天生的殺人者終究敗給了大偵探甘斯的睿智，落得一場空。

不可思議的是，這種罪犯必定是喜愛尼采的讀者。雖然作者對拉狄克並未附以上述的說明，但關於迪拉特教授與潘丁，作品中則清楚把尼采引以為例。潘丁的故事甚至可以感受到德昆西的「基於藝術殺人」的影響。他是一名明顯擁有這種藝術家熱情，把一輩子貢獻給犯罪的男子。

更進一步來說，不管拉狄克或迪拉特教授，或是潘丁也好，都無法忽略他們內在擁有的實驗性殺人心理。這是過於相信自己的能力，想在某處做實驗，以實現這種犯罪能力的心緒發生作用所致。他們把犯罪放進試管，嘗試各種化學反應。自古以來所謂的心理小說，很多就是將人生放入試管中。杜斯妥也夫斯基也是、斯湯達爾也是，還有保羅•布爾熱的《弟子》也是其中最具體的典型之一。這部小說的主角如字面所述的，把戀愛放進試管，因此發生了一樁殺人嫌疑事件。布爾熱的這部作品引起了杜斯妥也夫斯基、斯特林堡等偵探小說作家的密切關注。因為偵探作家也是讓這種犯人實驗他們的犯罪，再把犯人、犯罪、殺人投入試管中。

《文化人的科學》一九四七（昭和二十二）年三月號

暗號記法的種類

日本古代的戀愛和歌、兒島高德的櫻樹之詩、西方的謎詩等等，自古以來就盛行富有寓意的暗號，這種暗號並無機械式的地方，由不同的題材、機智決定留下什麼記號，而且也能解開，偵探小說有最多作品例子。

我曾在學生時期做過暗號記法的分類，並刊登在大正十四（一九二五）年的《偵探趣味》上，昭和六（一九三一）年的隨筆集《惡人志願》也曾收錄，現在僅將其稍微補充修改刊載於下。

拜戰爭所賜，暗號記法進步神速，開始由自動計算機器製造複雜的組合，一旦如此機械化後，以前暗號所賦予的趣味機智要素就完全消失了，因此並不適合當作小說的材料。現代暗號小說幾乎消失蹤影也是緣由於此。

我所蒐集到的暗號小說不過只有三十七個例子，把這些例子對照我所分類的項目，發現最多屬於（C）的「寓意法」與（F）的「媒介法」。由此可知，小說最樂於使用富含機智的暗號。以下的項目中作品例子完全無記載數目者，代表此項目沒有小說的例子。

（A）符契法

根據普魯塔克的英豪列傳，這是古希臘斯巴達的將軍使用的方法：雙方持有稱之為Scytale的相同粗細棒子，再用皮革纏繞棒子於接縫書寫通信文傳送，接收方也必須纏在相同的棒子上才能判讀訊息。這就是符契的原理，後文所述的「窗板法」等方法，原理上也與此相同。

（B）表形法（四例）

這是把物體的形狀，或是路線等等，以宛如孩童亂畫的圖形呈現的方法。盧布朗的《奇巖城（*L'Aiguille creuse*）》、甲賀三郎的《琥珀菸斗》等作品都用這個方法。乞丐或小偷為了給同伴指示，在路邊的石頭或圍欄上，用粉筆或其他工具記下只有他們懂的暗號，這也是這種暗號記法的原始型態。類似這種方法的，不只有犯人同夥使用，花柳界等地也會用的【指暗號】、軍隊的【旗語信號】等方法也屬於表形法。

表形法也是一種【略記法】。以前的學問僧省略漢字製造特別的字體，以及現在學生在講義筆記使用的略號，都算是一種略記暗號。與此類似的記號可命名為【尋圖暗號】。在偵探小說方面，馬修・菲利普・希爾（Matthew Phipps Shiell）的《S・S》暗號小說，以及瑞典的偵探小說作家赫魯勒的長篇《皇帝的舊衣》等作品都用了此方法。間諜所用的方法，則是展示蝴蝶的寫生圖，實際上蝴蝶翅膀的圖樣是地圖之類的暗號。

（C）寓意法（十一例）

日本古代的戀愛和歌、兒島高德的櫻樹之詩、西方的謎詩等等，自古以來就盛行富有寓意的暗號，這種暗號並無機械式的地方，由不同的題材、機智決定留下什麼記號，而且也能解開，偵探小說有最多作品例子。坡的《金甲蟲（*The Gold-Bug*）》的暗號後半部，以及淚香翻譯的《幽靈塔》暗號咒語等等是最適當的例子。其他我所蒐集記錄的實例還有道爾的《墨氏家族的成人禮（*The Adventure of the Musgrave Ritual*）》、波斯特的《大暗號（*The Great Chipher*）》（日譯本為《喬帕妮的探險日記》）、班特萊（Edmund Clerihew

Bentley）的《拯救之神（*The Ministering Angel*）》、M・R・詹姆斯（Montague Rhodes James）的《托馬斯寺院的寶物（*The Treasure of Abbot Thomas*）》、歐・亨利（O. Henry）的《卡羅威密碼（*Calloway's Code*）》、塞耶斯的《龍頭的博學冒險（*The Learned Adventure of the Dragon's Head*）》、阿林漢（Margery Louise Allingham）的《白象事件（*The White Elephant*）》、貝利（Henry Christopher Bailey）的《紫羅蘭花園》、班特萊的《天真無邪船長》。

（D）置換法（三例）

這是把字、詞或句子以異常方式排列瞞人眼目的方法，有以下種類：

（1）普通置換法（一例）

【a】逆進法。例如把面寫成ㄢㄧㄇ丶；種寫成ㄥㄨㄓˇ；鮑寫成ㄠㄅ，倒過來拼音。古老的幼稚暗號小說中，有把通信文以假名倒過來寫的例子，我現在則想不出實例。用B代替英文字母A；用日文字母順序「伊呂波」的「呂」取代「伊」，古時候也會用這種替換成下一個字的方法，但這屬於後文記錄的代用法。

【b】橫斷法。以相同的間隔把排列成數行的文字，英文以縱向閱讀；日文則用橫向閱讀，即能讀懂意義。雖然我認為西方也有用此方法的暗號小說，而我的《黑手組》的暗號也有部分屬於這項。

【c】斜斷法。也可能有的方法是把同樣並排的文字斜向閱讀。

（2）混合置換法

如上所述的打亂順序，把字、詞、句按照雙方協定的法則，置換成看起來亂七八糟的樣子。這個方法會因為法則的制定方法，要多複雜有多複雜。阿蓋爾伯爵在詹姆斯二世的謀反時曾經使用的方法，就是用語詞做混合置換法的知名例子。

（3）插入法（兩例）

把合適無用的字、詞、句插入所需的字、語句之間，使文意不明的方法。道爾的《榮蘇號（*The Adventure of the Gloria Scott*）》的暗號即為【語詞插入法】。**The supply of game for London is going steadily up** 的句子中，可以挑出 **The game is up**，其他的則是無用的語詞。這種時候，包含插入語的全文若能形成其他意義的文章較為理想。句子插入法的情況也一樣：道爾的《希臘語譯員（*The Adventure of the Greek Interpreter*）》的方法則是在對話中插入所需的希臘語，屬於【句子插入法】，但整體的意義並不能貫通。

（4）窗板法

這個方法的單純版也算是字插入法，雖然整體而言有些許不同，還是記錄於此。先在方形的厚紙上畫縱橫的線條，製作宛如稿紙的格子。然後把各處的每一個格子，胡亂挖穿做出幾個窗戶。然後把這張紙放在有用途的紙上，依序在窗中寫入一個個帶有目的的字詞，接著挪開窗板的厚紙，在把字與字之間的空白處胡亂寫入英文字母，填滿空白。這樣標上字後，擁有相同窗板的對象，只要墊上窗板就能讀懂，沒有窗板的人則完全無法判讀。這就是單純的窗板法。

這方法更複雜的變化是，如上述所言在窗中寫上文字後，把窗板往右或往左旋轉四十五度（此時必須有適當的窗戶開法，讓之前寫入的字不會進入這次旋轉後的窗中），然後把接續前文要傳達的話，寫入窗中。就這樣每次旋轉四十五度，在四次不同的地方都開了窗戶，就能寫入四倍的文字。接著在最後，隨便填字在空白處。接收者也一樣要每次把窗板旋轉四十五度，依次閱讀即可。其他也有圓形的窗板法。用圓盤的時候雖然無法像方板一樣明確地旋轉四十五度，但還是要設法旋轉。

（E）代用法（十例）

「暗號記法可以大致分為兩種：transposition 與 substitation」這是暗號書

中的寫法，而transposition就是我所謂的「置換法」；substitation則是「代用法」。這兩者當然是暗號記法的大宗，特別是「代用法」很重要，近代機械暗號全部屬於此類別。所謂的代用法，就是把字、詞、句以其他的字、詞、句、數字或圖形代用，使意義不明，許多情況下必須使用只有通訊者雙方才知道的「關鍵字（key word）」才能解開。

（1）單純代用法（七例）

【a】圖形代用法（兩例）：【點代用法】電報記號、點字等等也是基於這個原理，也經常出現間諜使用摩斯電碼來通訊暗號的例子。【線代用法】由古代的查爾一世所發明，是僅用知名的線形成的暗號，稱之為【閃電形法】的暗號也是屬於此類。這方法是先把英文字母寫成一行，下面墊一張紙，再從所需文字的下方往下畫閃電形的線，持有相同間隔的字母紙片者，只要墊上紙片一看立刻就明白。【圖形代用法】的好例子是坡的《金甲蟲》、道爾的《小舞人探案（*The*

Adventure of the Dancing Men）》的暗號。稱之為【Freemasonry（共濟會）暗號】的寫法也屬於此類，每個英文字母都有一個字代替。

【b】數字代用法（兩例）：把英文字母的一個字用一個數字，或幾位數的數字（例如A用1111；B用1112；C用1121）代替。安東尼•韋恩（Anthony Wynne）的長篇《雙重十三（*The Double-Thirteen Mystery*）》就使用了這種暗號。另外也有暗號以相反的文章呈現數字。弗里曼（R. Austin Freeman）的短篇作品《暗號鎖（*The Puzzle Lock*）》，就是從某篇文章中挑出古老時鐘文字盤使用的那種羅馬數字 I V X 等等，排列後成為金庫備用鑰匙的數字。

【c】文字代用法（三例）：以一個字或數個文字代替原文的一個字。譬如F•A•M•韋伯斯特（F. A. M. Webster）的短篇作品《奇妙暗號的秘密（*The Secret of the Singular Cipher*）》就是用其他的一個字代替一個英文字母的暗號；莉莉安•德•拉托雷（Lillian de la Torre）的短篇作品《被偷的聖誕節盒子（*The Stolen Christmas Box*）》把F使用aabab的複數文字代用法來呈現；此外，阿爾弗雷德•諾耶斯（Alfred Noyes）的《海辛斯伯父（*Uncle Hyacinth*）》以 Bon voyage 代替 U-boats 的方法則是使用【語詞代用法】。另外，在日本也會開玩笑使用各種漢字的讀法呈現不同的意思，英文也有同樣的作法。因為很有趣我附註於下：寫為 ghoti 意思是 fish（魚）。原因是 gh 發音是 enough 的 f；o 則是 women 的 i；ti 則是 ignition 的 sh，意即發音成 fish。

（2）複雜代用法（三例）

【a】平方式暗號（一例）：首先把英文字母第一行從 A 開始；第二行從 B 開始；第三行從 C 開始，讓每個字交錯排列寫成數十行，製作字母的平方。在這個文字平方的第一行上面，橫向書寫一般的字母；並在平方的左側，縱向書寫字母。這縱橫的兩種字母就是製作暗號的基礎。（這種平方圖式，在暗號史中冠上了其發明者法國人 Blaise de Vigen re 的名字，稱之為「維吉尼亞密碼」）。那麼，暗號記法有三個要素。第一是通訊的原文（這個命名為 clear）；第二是關鍵字（key），第三是完成的密文（cipher）。在前述的字母平方圖旁邊，放置寫了這個 clear、key 的紙片。譬如 clear 是 ATTACKATONCE（立刻攻擊的意思）；key 假設是 CRYPTOGRAPHY（暗號的意思）。然後，要送出的詞的第一個字，也就是從平方上方的橫列寫的字母中找出 A。這當然是第一個字的 A，接著從縱向的字母中找出 key 的第一個字 C，這個在第三行。從這個上方的 A 往下畫垂直線，與 C 這行交叉的字就是密文的字。這種情況下這個字就是第三行一開始的字，還是 C。接著從上邊的字母中找出 clear 的第二個字 T，再從縱向的字母中找出 key 的第二個字 R，即可看見兩條線的交叉處是 K。因此密文的第二個字是 K。如此做出的密文即使都是代替 A，也不一定都是最初的 C。也可能是 P 或 G，因此解讀非常困難。所以這是無法根據英文的字母頻率表，用密文中使用頻率最高的 E 來解讀的方法。只要製作數字平方來代替字母平方，密文也可以變成僅有數字。外人要如此解讀很困難，但只要知道關鍵字，就能用上述的方法回推，因此解讀極為容易。近代的機械化暗號法，終究也不過是把這個平方式極度複雜化而已，與其說是平方，或許已經算是立方化了。如果以前的暗號是直線式暗號，那麼這裡記錄的就是平方的暗號，透過自動計算機製成的暗號應該也算達到立體暗號的程度了。平方式暗號的極單純版，我以前曾在塞克斯頓・布萊克（Sexton Blake）的偵探故事讀過，這個原型相當古老。

【b】計算尺暗號法（一例）：原理與平方式相同，只是把方法應用在技師等人使用的計算尺上，就是這個計算尺暗號法。首先製作類似尺的兩把長厚紙（賽璐珞或其他什麼材質）的棒子，一把寫上A到Z的字母；另一把製作成可以重複兩次A到Z的倍數長度。前者稱為「index」；後者稱為「slide」。把兩者擺在一起，固定前者，再把後者左右滑動。此時關鍵字也固定了，從「slide」當中找出關鍵字的第一個字，再把這個字挪動到「index」一開始的字，也就是A的下方。

接著從「index」中找出通訊文的第一個字，再以該字下面的「slide」的字作為密文的字。依序重複這個做法，直到全文都變成暗號。接收方也只要準備相同的計算尺，以上述方法逆推，就能解開暗號。海倫・麥克洛伊（Helen Worrell Clarkson McCloy）女士的長篇偵探小說《*Panic*》就是用了這個方法，有詳細的說明。

【c】圓盤暗號法（一例）：就像計算機有圓盤狀的，暗號尺也有圓盤狀的。原理一樣，把雙層圓盤的一層當作「index」，另一層當作「slide」，以旋轉取代左右挪動，就能得到答案了。埃爾莎・百克（Elsa Barker）的短篇作品《麥可的鑰匙（*The Key in Michael*）》用的就是這個圓盤暗號。

【d】自動計算機器算出的暗號：現在的軍事、外交都使用這個方法。原理可能是從平方式轉為立體式。甚至會使用亂數表等數學性質的表。可是，以機智與推理為目標的暗號小說，這種方法早已無法成為題材。

（F）媒介法（九例）

意指使用各種媒介手段傳達暗號。偵探小說的暗號中有非常多這個媒介法的作品例子，因為這方法富於機智的要素。【打字機】中的記號與數字是記在相同的鍵上，古時候似乎也有把記號與字母記在相同鍵上的例子。因此可以用記號呈現數字或文字。這個媒介只要懂打字機立刻可以解開。以前我讀過馬奇蒙特的長篇作品《霍德利先生的秘密》，核心趣味用的就是這方法。把【書籍】的某頁、某行、第幾個字，以及三個數字列在一起傳送，對方也要有同一本書才能解開，這在小說中也經常使用。雖然一般會利用聖經之類的知名小說或書籍，但道爾的《恐怖谷（*The Valley of Fear*）》則使用年鑑；解法雖然稍微不同，克勞夫茲的《法國警部最大事件（*Inspector French's Greatest Case*）》則是使用股票交易票；克莉絲蒂的短篇作品《四名嫌疑犯》則使用花店的商品目錄；鮑徹（Anthony Boucher）的短篇作品《QL696C9》使用的是圖書館的圖書分類表；此外，道爾的短篇作品《赤環黨探案（*The Adventure of the Red Circle*）》則使用三行廣告。以【火光信號】傳達意義的一樣有道爾的《赤環黨探案》；佩西瓦爾・魏爾德（Percival Wilde）的《火之柱（*The Pillar of Fire*）》則是在黑暗中以香菸的火做出摩斯電碼。此外，盧布朗也有使用【鏡子】反射日光，以窗戶與窗戶打信號的短篇作品。我的《兩分銅幣》也是以點字作為媒介，在意義上可以算是這類。最奇特的例子算是【以人為媒介】，出現在古希臘希羅多德所著的歷史中的逸聞。在戰爭中雖然派遣了密使，但文書還是很危險，因此偽稱要醫治奴隸的眼病而剃頭，在頭上的皮膚刺青通訊文，等待頭髮長出來再送到前方陣營。前方陣營只要把頭髮剃掉就能閱讀通訊文字。

其他還有烤墨紙、使用隱形墨水寫的秘密通信、音樂的代用法、樂譜的暗號、用繩子或帶子的打結製成代用暗號法，以及把神話時代文字當作暗號等等，雖然五花八門，但我想大致上的種類不脫上述這些範圍。

《寶石》一九五三（昭和二十八）年九・十月號，部分〈詭計類別集成〉

魔術與偵探小說

偵探小說犯罪事件的固定布局、理想型態是，盡可能以不可思議、神秘、超自然為開端；而結局須以毫無漏洞的合理解釋告終。民族學與神秘學是這兩種要素中神秘的層面；而戲法則是理性主義的層面，各有其密切的關係。

關於 magic 這個詞彙，有三項明顯關係匪淺的學問及技術。第一是以民族學為核心項目的咒術（magic），民族學算是一種研究散見於古代史，或現存原始種族施行的咒術、咒物崇拜等等的學問，與 magic 關係匪淺；第二是以神秘學（occultism）為核心主題的 magic。這並非正統的科學，雖然對神祕主義者而言，這是一種學問，研究對象是一切魔術性的現象；第三是戲法（魔術）的 magic。

雖然民族學與神祕學的魔術，研究態度截然不同，但內容卻有許多主題重疊。咒法、咒力、咒符、護符、占卜、咒物崇拜、巫醫等等，以上皆是兩者共通的項目。兩者不同之處只在於，民族學是客觀地觀察研究這些項目的純科學；而神祕學則是一種研究這些，類似宗教的（糟糕來說是迷信的）學問。

此外民族學把現存原始種族當作最重要的研究對象；神祕學則幾乎對此不感興趣。雖然在古代，神祕學被當作宗教或科學般的重視；但到了近代，卻是一種從宗教、科學中排除，非合法的信仰或學問（目前為止還是有進步與發現）的累積。

戲法（魔術）在目前是一種舞台藝術，但其實它和民族學的咒術、神祕學的魔術同出一源。古代史留傳的原始種族間施行的咒術，以及巫醫一類的事，在某種意義上算是一種魔術。甚至像基督教聖經中留傳的奇蹟，在某種情況下也可以用一種魔術來解釋。若我們追溯到古代，戲法的起源自古時的原始咒術開始，與所有偽宗教的迷惑、中世紀的巫術或煉金術等等有所相關；在日本的開端則是《書紀》中所記載，從大陸遠渡而來的咒禁師亦即咒師，他們也兼行巫醫與雜技戲法，這些浪民傀儡師，以及中古時期流行的放下僧等等，可說是日本戲法、雜技的祖先。

可是，現代的魔術與民族學的研究對象或神祕學的信仰不同，一點也沒有神秘性、咒術性。雖然他們把這種東西偽裝成煞有其事，來引起觀眾的好奇心，但這個技術絕對不脫理性主義。雖然同出一源，但神秘主義只處理超科學；魔術則限於科學的手法。事實上，因為咒法與戲法斷絕關係，魔術成為近代理性主義世界的產物，同時也失去了古時候神秘的魅力。

在知名的印度戲法中，有個傳說是扔擲一條繩子直立於空中，一名少年往上攀爬至高空中云云。這是廣為流傳的旅行者親眼目睹的經驗談，但在我所看過的戲法書中，雖然大致上都提過這件事，卻一致認為這個把戲來歷不明，應該是虛構的傳說。我想這算是神秘主義與魔術之間畫的界線吧。其他的印度戲法，例如在觀眾眼前讓芒果的種子變成樹，開花結果；埋在地下深處幾十天還活著等等，無論哪一本戲法書都載明了內幕，理性上可能辦到。

與此關聯，神秘主義的書籍記載著以下這種極度不可思議的故事：一八九八年，在印度的某都市，英國人要拆掉一座古老寺院的塔，正在進行這份差事時，發現塔的地下聖地安放著一具石棺。英國人技師要印度僧打開石棺，發現石棺中躺著一具宛如木乃伊的屍體。技師問這是木乃伊嗎？僧侶搖頭答道：「這不是死人，只不過是進入深層睡眠而已。」技師否定說：「太愚蠢了。」僧侶卻充滿自信地回答：「才不是你說的那樣，我們印度人擁有靈力，即使被長期埋葬也絕不會死。最後你也會明白的。」數日後，僧侶們持續莊嚴肅穆的為死者覺醒念經，長達十二小時。然後石棺內的木乃伊復活了，一星期後判若兩人地變成健康的身體。而且，根據密封在石棺裡的莎草紙文件記載，這名男子明確睡了長達二十二世紀。根據記載，又過了兩年後，這位古代睡眠者聚集眾人，拿出一條長繩，把一端高高扔上天空，接著繩子立刻直立得像竹竿，他沿著那條繩索攀登到天空，就這樣消失蹤影。其他還有神秘主義的大師伊莉•斯塔爾的著作《實存的神秘》等等，有趣的實例不勝枚舉，現在無暇一一提及。

偵探小說在某種意義上是魔術文學，當然與這三個領域的魔術有關。偵探小說的趣味由神秘與理性主義這兩種要素組合而成。偵探小說犯罪事件的固定布局、理想型態是，盡可能以不可思議、神秘、超自然為開端；而結局須以毫無漏洞的合理解釋告終。民族學與神秘學是這兩種要素中神秘的層面；而戲法則是理性主義的層面，各有其密切的關係。

民族學先暫時不談，關於戲法與偵探小說的關係，我也有許多感想，但礙於篇幅有限容我改日再談，這裡我想稍微寫寫神秘主義與偵探小說的近親關係。

現在西方非常流行神秘主義。神秘主義也分很多種類，從極其嚴謹的，到通俗的判斷命運，各種著作的出版相當可觀。把通俗雜誌、蒐集舊郵票的型錄等等攤開來看，會發現許多傳授神秘主義的書籍廣告。西方的理性主義背後竟然附著如此強烈的根底，真是有趣。一九一二年艾伯特•凱利爾這位精通此道的學者，發表《神秘學書目》這本各冊六百頁共三卷的大作，其中收錄了一萬兩千筆的神秘學書目解題。當然這裡面並不包含低俗的紅本。

隨意地列舉神秘學包含的主要議題，以占星術為首，除了一切與占卜相關的之外，低階魔法（low magic）方面有巫術、惡魔學、吸血鬼、死者再現、黑魔法、一切咒符、一切護符、魔杖（Rhabdomancy）、魔書、魔鏡等等；高階魔法（high magic）方面則是煉金術、神秘哲學、神秘數學、神秘語學、塔羅牌等等。還有一切的心靈學，也就是降靈術、奇蹟研究、心靈磁力、催眠術、巫醫（神秘醫術）、心靈感應、千里眼、雙重人格（分身現象）、夢遊、附身等等。

如前述所說，偵探小說在解謎方面的素材經常會利用各種神秘學的主題，這類神秘主義作家中最著名的，日本該算是小栗蟲太郎；西方則是狄克森•卡爾。可是這兩人在根本上有差異。蟲太郎過度熱中於神秘主義，往往脫離理性主義落入超乎邏輯的情況；卡爾則是單單利用神秘學而已，解決謎題靠的還是常人的邏輯、形式邏輯。就推理小說而言，卡爾略勝一籌；而以天才的層面來說，蟲太郎更算是天才型。

讀者都知道蟲太郎的作品是如何充滿神秘的素材，因此這裡我僅就卡爾的作品舉例說明兩三個例子。

一九三四年的作品《寶劍八（*The Eight Of Swords*）》，故事敘述一張畫有寶劍八的塔羅牌卡片掉在被殺的人身邊，賦予整部小說奇異劇情的神秘性。卡爾並未在此部作品中詳細說明塔羅牌，但根據其他的神秘學書籍簡單來解說，塔羅牌有埃及塔羅、印度塔羅、義大利塔羅、法國馬賽塔羅、吉普賽塔羅等等各式種類，而卡爾用的則是流傳最普遍，起源於埃及的伊特拉（Etteilla）塔羅內的一張小塔羅牌，寶劍八的牌面畫著八把劍排成鯉魚旗風車的形狀，中央有一條橫線呈現在水面上。這張牌在判斷命運的意義是，財產的公平分配、遺囑贈與、少女、礦物等等。

塔羅牌也可以當作一般的撲克牌來玩，雖然也用於判斷命運，但本來的意思相當困難，因此許多學者發表了相關考證。簡單來說，塔羅牌也有類似周易算木的意義，有象徵的理念與法則，把全宇宙壓縮於這七十八張牌卡中。每張牌面上有奇怪的象徵畫（例如伊特拉大塔羅的一張牌上，畫著一個人單腳被繩子綁在樹上倒掛，類似宗教審判的拷問圖），並寫著文字與數字，這些圖文與神秘哲學、神秘語學、神秘數學相關，象徵宇宙的真理，事先暗示事物的變化，有預言命運的作用。

一九三五年的作品《瘟疫莊謀殺案（*The Plague Court Murders*）》中，心靈術者與少年靈媒以重要人物的角色登場，心靈實驗的場面占了全篇故事的大部分。此外這部作品使用被附身的房子（鬼屋，haunted house）作為密室殺人的地點。這是卡爾的諸多作品中，神秘學色彩最濃厚的作品。

一九三七年的作品《孔雀羽謀殺案（*The Peacock Feather Murders*）》，描寫的是神秘宗教被犯人當作一項謎題詭計。這是使用十個咖啡杯與孔雀羽毛圖樣桌巾的秘密儀式。

一九三九年的作品《警告讀者（*The Reader Is Warned*）》中，一名混血兒接受了非洲原始種族的巫醫之血，他以心靈讀心術大師的身分登場，是故事的重要人物。這名人物宣告意念波這種心靈力量可以進行遠距殺人，劇情敘述按照他的預言接連發生奇怪的殺人事件，帶著奇異的神秘色彩。可是破案絕對不神秘，這是極為合理的物理性詭計所造成。如同書名所示，作者是為了挑戰這個才寫成偵探小說。

其他例如《魔術燈謀殺案（*The Punch And Judy Murders*）》以凝視光點為手段催眠自己形成心靈感應；《青銅神燈的詛咒（*The Curse Of The Bronze Lamp*）》則是有人因挖掘埃及古墓遭到詛咒而消失的奇蹟；《三口棺材（*The Three Coffins*）》中則有魔術研究家、吸血鬼傳說，以及黑魔法；《夜行（*It*

Walks By Night）》中則有最奇怪的附身狼人（werewolf）；《弓弦城謀殺案（*The Bowstring Murders*）》則有古代鎧甲的護具神秘飛行；《喚醒死者（*To Wake The Dead*）》則描寫了死者再次出現的神秘。

可是，這類作家並不限於卡爾或蟲太郎一人。自坡（《金甲蟲》）、道爾（《魔鬼的腳探案（*The Adventure of the Devil's Foot*）》與其他）、柯林斯（William Wilkie Collins）（《月光石（*The Moonstone*）》）以來，大多數的偵探小說或多或少都帶有神秘學要素。只要偵探小說無法捨棄探索神秘的興趣，偵探小說與神秘主義就有非常密切的親屬關係。

談到偵探小說與神秘學的關係時，還有一個不可遺漏的話題：那就是柯南・道爾與心靈學的議題。

我在十多年以前，曾經飽覽過歐里佛・洛茲、弗拉馬利翁，以及其他著名的心靈學研究書。當時雖然我看過道爾有關靈異照片的著作，讓我非常嚮往死而復生，或是與其他世界通訊之類的事，但他的實驗方法是，在黑暗中聆聽死者的聲音，或是現身、桌子漂浮在空中，以及亡靈出現在感光底片玻璃板的顯影上，這些所謂的靈異現象，總讓我覺得無法相信。

比起道爾的這些著作，後來我讀了美國的大魔術師胡迪尼揭露靈媒詭計的故事，覺得有趣多了。（康乃爾著《胡迪尼的秘密》）

據說胡迪尼有一次因為魔術的把戲，和真正的靈媒表演同樣的事，在心靈學者們面前做這個實驗，而柯南・道爾也看了這實驗，發表過論文認為胡迪尼是優秀的靈媒（收錄於最後的著作《未知的世界的一端》）。結果我蔑視道爾的心靈信仰；對胡迪尼的理性主義抱有好感，但最近我讀了一遍道爾晚年的摯友，身為神學博士約翰・拉蒙德老師的著作《柯南・道爾的回憶》，總算對道爾的本意稍微了解一些，也不再像之前那樣取笑他的奇特信仰。

道爾的心靈研究絕非閒散老人的好奇消遣。他對於死後世界存在的信仰也並非到了晚年才突然有興趣，打從三十年前開始，他就對這個議題抱持疑問，以充分懷疑的態度，一邊執筆偵探小說的同時，私下涉獵自古以來的文獻，持續研究。

然後到了晚年，他終於能擺脫懷疑，確信有死後世界存在，一旦有所堅信，他就以滿懷熱忱，努力宣揚這個新思想。他可以說是新宗教、新哲學的使徒，這個運動的領導者。

為了解釋這個信念，他寫了十二冊的著作，並向無數的報章雜誌投稿，歐洲各國自不在話下，甚至周遊美洲、非洲，充滿熱情地四處演講；以廣播放送；把演說錄製成唱片；最終還仿效聖經販賣所，甚至經營起心靈學書籍販賣所、親自站在店頭，甚至穿件襯衫老態龍鍾地幫忙發送的工作，直到臨終也是因為身為這個運動的鬥士而過勞病死。

這裡我看待道爾並非一個年老昏聵的老人，而是一位有著救濟人類的使命而奮鬥不懈的熱血漢子。

《新青年》一九四六（昭和二十一）年十月號

追記

和魔術因緣深厚的偵探小說，除了卡爾以外，還有「密室詭計」章節中記錄的克萊頓•勞森，他的主角偵探是大魔術師馬里尼。還有一位不能漏寫的古魔術作家，那就是美國的吉利特•伯吉斯（Gellet Burgess），他的短篇集《*The Master of Mystery*》的主角阿斯托羅（Astro）偵探是神秘主義的大師。他是一位以看手相、占卜為職業，穿著奇特的東洋服裝，凝視水晶球的名家。然後他會靠著占卜謊稱猜中犯人，實際上卻以極為合理的奇特智慧與推理揭穿犯人。

伯吉斯的這部短篇集於一九一二年匿名出版，而魔術師伯吉斯則透過暗號詩把自己的名字漂亮地藏在目次中。把該書收錄的二十四篇短篇題目依序揀字來看，就是THE AUTHOR IS GELETT BURGESS。此外依序把題目的最後一個字挑出來，就是FALSE TO LIFE AND FALES TO ART，他算是魔術師昆恩的前輩了。

昭和二十二（一九四七）年四月二十日

江戶川亂步・えどがわ　らんぽ・一八九四—一九六五

明治的指紋小說

這部作品是歸化的英國人、講談師兼落語家快樂亭布萊克（Black）的講說速記《幻燈》。日本在明治四十二（一九〇九）年實施指紋法，而在此十七年前已有使用指紋與掌紋鑑別個人的偵探小說出版，我認為彌足珍貴。

EQMM（《艾勒里・昆恩推理雜誌》）去年九月號的 *Queen's Quorum*（精選自玻以來到現在的代表性短篇小說，依年代順序解說）舉出最早描寫指紋的偵探小說：

Herbert Cadett: The Adventures of a Journalist（London, 1990）。

昆恩的解說文寫道：「關於這本書的主角偵探 Beverley Gretton 是如何的偵探小說史，甚至是偵探小說論的註腳，都是至今從未有人寫過的內容，（中略）而這本書的開頭收錄的短篇〈*The Clue of the Finger-Prints*〉，則是一篇描寫經由指紋鑑別個別犯人的最早作品。一般來說，我們認為第一部指紋小說是弗里曼的《紅拇指印（*The Red Thumb Mark*）》（日譯本為改造社「世界大眾文學全集」第六十卷「桑戴克醫生」），但凱迪特的這部作品比起弗里曼的領先七年。不過還有其他更早的作品，偵探小說愛好家不小心就會錯過。那就是馬克・

吐溫（Mark Twain）的《*Life on the Missisipi*》（一八八三）第三十一章的一話，以及長篇《*The Tragedy of Pudd'nhead Wilson*》（一八九四，這本的日譯本也是上述的改造社全集第十卷，在「吐溫名作集」中，題為「傻瓜威爾遜」），這兩本都是透過指紋發現犯人的故事。

這樣說來，世界最早的指紋偵探小說就是馬克・吐溫的作品了，不過日本在晚於《密西西比河上的生活》、早於《傻瓜威爾遜》時，也出版了指紋偵探小說。這並非嚴謹意義的指紋，而是用整個手掌的掌紋圖樣來鑑定，但不單是算命師看手相的劇情，核心主題是以五指的指紋為首，透過整個手掌的掌紋圖樣來鑑別犯人。

這部作品是歸化的英國人、講談師兼落語家快樂亭布萊克（Black）的講說速記《幻燈》，在馬克・吐溫的第二部作品問世的一八九四（明治二十七）年的大前年，明治二十五年出版單行本。日本在明治四十二（一九〇九）年實施指紋法，而在此十七年前已有使用指紋與掌紋鑑別個人的偵探小說出版，我認為彌足珍貴。

在說明這本《幻燈》的內容以前，我想試著查閱實施指紋法鑑別個人犯罪以前的歷史。我想這應該有許多參考書，而我試著以《犯罪科學全集》（武俠社，昭和五年）的第十二卷，由古畑博士執筆的《指紋學》，以及《大美百科全書（*Encyclopedia Americana*）》的指紋項目，（大美百科全書的最新版指紋項目並不詳細）簡單做了年表。另外，以指紋法實施的年度與指紋小說出版的年度為對象，我把自己所知道的早期指紋偵探小說也插入這張年表中，有◎記號者即是。

★一六八六年。義大利的波隆那大學教授馬皮吉（Marcello Marpighi）從解剖學的角度發表了指紋的研究。

★一八二三年。德國的弗羅茨瓦夫大學教授普金涅（J. E. Purkinje）也從解剖學的觀點發表了指紋的分類。

★一八八〇年。英國人福爾茲博士（Henry Faulds）於日本東京的築地醫院工作時，把主張可以利用指紋做個人鑑別的研究論文發表在該年度十月二十八日的英國《自然》期刊上。此人是第一位論述於個人鑑別上利用指紋者。

★一八八〇年。英國人赫歇爾（Sir Wiliam James Herschel）於印度孟加拉擔任一個地區的民政官時，把指紋應用在防止偽造文書、鑑別個別囚犯等事務上，並基於此經驗，也在該年度十一月二十二日的《自然》期刊上發表研究論文。博士領先他相差一個月的時間。

★之後過了不久，英國的遺傳學者高爾頓（Sir Francis Galton）（達爾文的表弟）以學術方式論證了每個人的指紋不同與終生不變的事實，並發表其分類法。

◎一八八三年。馬克・吐溫的《密西西比河上的生活》出版。

◎一八九二年（明治二十五年）。英國人布萊克講說的《幻燈》出版。

◎一八九四年。馬克．吐溫的《傻瓜威爾遜》出版。

◎一九〇〇年。凱迪特《新聞記者的冒險》出版。

★受到前述高爾頓的研究刺激，英國設置了利用指紋做個人鑑別犯罪的委員會，由印度警察長官轉任倫敦警察首長的亨利（Sir Edward Ribhard Henry）擔任其主要委員。

★一九〇一年。英國前述的委員會，採用了亨利卿規畫的「亨利式指紋分類法」，這一年開始實施於英格蘭與威爾斯；現在世界上則有過半的國家採用此方式。

★一九〇三年。美國最早於一八八二年，由湯普森（Gilbert Thompson）於新墨西哥利用指紋以防止偽造公文；而司法部門方面，最早則是一九〇三年於新新懲教所製作囚犯的指紋底冊，此後的數年間，全美都實施了亨利式分類法；現在FBI的底冊中，保管了包含陸海空軍人共六千五百萬人的指紋，規模世界第一。

★稍晚於前述的英國亨利分類法，德國則有漢堡警察長官的羅舍爾博士（Roscher）完成了羅舍爾式（又稱漢堡式）分類，德系各國採用此方法。

★另一方面阿根廷的指紋學者Juan Vucetich（我不會讀）也編出一套獨特的分類法，現在由西班牙系的各國採用。

◎一九〇五年。道爾的《福爾摩斯歸來記（*The Return of Sherlock Holmes*）》出版。（其意義後述）

◎一九〇七年。弗里曼的《紅拇指印》出版。

★一九〇八（明治四十一）年日本司法省設置犯罪人異同識別法的調查委員會，同年七月二十四日，決定採用德國的羅舍爾分類法，翌年四十二年開始實施。

★一九一二（明治四十五）年開始，警視廳設置指紋課。

上表中，首先讓我們來看一九〇五年的《福爾摩斯歸來記》中的兩篇作品。其一是《諾伍德的建築師（*The Adventure of the Norwood Builder*）》，這篇故事描寫了把假指紋捺印在牆上，嫁禍嫌疑給冤枉的人，此方法利用了某人留在封蠟上的拇指指紋，再用別的蠟按壓那個封蠟取型，塗上血捺印在牆上，非常簡單。此外，這部作品中用的不是今天大眾化的 **Fingerprint** 這個字，而是 **thumb-mark**。

另一篇作品《格蘭居探案（*The Adventure of the Abbey Grange*）》，福爾摩斯的推理是犯罪現場留下三個杯子，假裝成犯罪當時有三個人在喝酒，但其實只有兩人。然而，在這個推理中，儘管出現了杯子這個絕佳的道具，指紋仍被完全無視，故事描寫福爾摩斯對指紋鑑識一無所知。

我不清楚上述兩篇作品發表在哪個年度的雜誌，無論哪一篇作品，在一九〇五年出版的書中，都還未充分利用指紋的知識。後來在兩年後出版，弗里曼的《紅拇指印》確實已經描寫科學的偽造指紋，我想到了這個時期，蘇格蘭場的指紋課總算內容充實，其效用也得到普遍認同了吧。

雖然我無從閱讀昆恩介紹的凱迪特作品，但光是他的題目定為清楚的 The Clue of the Finger-Prints，我認為就值得珍重看待。而更古老的馬克•吐溫作品《傻瓜威爾遜》，日譯本使用指紋這個詞，但我沒有原文書，詢問譯者佐佐木邦先生後，他表示原文書已經弄丟，還特地寫信給神戶的吐溫專家西川玉之助老先生（八十七歲），西川老先生給了詳細的答覆。據他所言，《傻瓜威爾遜》用的是 Finger-Prints 這個字。

《傻瓜威爾遜》故事描寫的是威爾遜這個古怪的人，樂於把附近人們的指紋一個個蒐集在玻璃板上，那時候社會上完全不知道指紋有鑑別個人的能力，只把他當成好奇的怪人嘲笑，卻沒想到這成為確定某犯罪案件犯人的線索。在幾乎未曾想過指紋鑑識之類的時代，這是很有創意的構思。而且這部作品具備明確的偵探小說形式，我認為偵探小說史上，不能忘了馬克・吐溫的這部作品。

不過，東京出版的《幻燈》比起這部《傻瓜威爾遜》早了兩年，並且指紋學本身的最初主張，是由居住在日本的英國人提出，真是有趣的因緣。如同前述列表所示，最早提倡把指紋用在鑑別個人的，是當時在東京的築地醫院工作的英國人福爾茲博士，古畑博士在《指紋學》中，提及這個人的事蹟如下所述：

「讓我說明在日本發現現今使用的指紋法的事情經過：明治十一年左右（西元一八七八年），英國的醫生亨利・福爾茲來到東京的築地醫院，此時他觀察日本挖掘出的石器時代土器上，有指紋的痕跡，另一方面，他對日本自古以來按壓指印、拇指印、掌印，這些手指印章的字據大感興趣，經過各種研究之後，他認為這可以應用在識別個人，以此向英國的科學雜誌《自然》投稿。然後這篇文章刊登於明治十三（西元一八八〇）年十月二十八日的雜誌上。」

（雖然這篇文章指出福爾茲是在明治十一年左右才剛到日本，但依據平凡社百科事典的「指紋」條目，仁科先生的記述所述，他住在日本的時間是明治七年到十九年。）

好了，總算要進入快樂亭布萊克的《幻燈》主題了，首先請讓我極為簡單地敘述情節梗概。倫敦的岩出銀行（淚香式翻譯把英國名重新命名為日本名）有一位個人經營的銀行社長，對偶然在路上遇到的乞丐少年的正直行為很欽佩，於是收養那名少年，讓他上學，之後成為自己銀行的員工。這名青年員工頭腦相貌俱佳，又忠厚老實，前途看好。

岩出銀行的社長有個適婚年齡的女兒，對這名青年員工表示好感，青年也覺得如果可以的話，希望能結婚。岩出社長發現此事，但不願把女兒嫁給乞丐出身的男人，便訓斥了青年一頓。儘管如此青年仍不願放棄，社長最後只好解雇他了。過了幾天，岩出社長被發現遭人殺害在銀行的社長室裡。當然把被解雇的青年列為重嫌，就在他正要從利物浦港搭船時，被逮捕入獄。

此時，有位律師現身，他是岩出社長的弟弟，也是業餘名偵探，開始調查犯罪的真相。犯罪現場的餐桌上有張白紙，上面清楚留有凶手的血手印。這是唯一的證據，但在那個還不知道指紋鑑識的時代，就連警察也沒有特別調查這手印的打算。然而被害人的律師弟弟知道指紋是可以鑑別個人資料的。且讓我引用這一處的原文來看，我只加入標點符號，原文未有絲毫加工。

律師對警察偵查員展示血手印的紙，說明：「您說這不能當證據，但依在下的想法，這是無比重要的證據，只要有這個，就知罪犯誰了。（作者註：原文如此。再怎麼精通日文，畢竟是外國人，就省略格助詞了。當時的速記非常忠實的呈現）。我曾在四、五年前環遊世界時，暫時逗留於中國、日本等國家。這兩國和英國不同，字據要得到認可，一定得使用印章類的東西，把自己的姓名刻在黃楊或金銀等材質上，再沾上印泥蓋在姓名下方，但有時也不用印章，只須把墨水塗在拇指上，蓋在姓名下，也就是所謂的拇指印。即使平常使用正式印章，若遇到極為麻煩的事，也就是接受調查必須取得證據的時候，一定會使用拇指印。在中國當兵時，還會用整面手掌塗墨，在當兵的承諾書下按捺手印，如果逃兵的話，以其手印尋找下落，有如此不可思議的事。如果用拇指印的話，就完全不能當作誰捺印的證據了，軍隊要人在承諾書下面按手印，也是為了當事人逃跑時，能協助尋找下落。逐一探討其原因後，這是非常古老以來就有的風俗習慣，人類的手紋、皮膚的圖案（作者註：這是指掌紋），每個人都做不同呀（作者註：「做什麼什麼呀」是當時的落語家口吻，意思是「做（します）」）。即使聚集一百人，召集一千人來比對手掌，也必定沒有相同的紋路。因此，比起使用無論如何無法偽造，無法誆騙的正式印章，更為準確的就是按捺拇指印。有時也會沾血捺印，這種手印、手紋、皮膚的圖案都會確實明顯呈現。如果以此作為證據去找罪犯，在下認為必能迅速解決。」

於是他說服了警察，岩出銀行的社長家人與傭人全都在紙上按捺手印，與血手印比對。比起用肉眼看，用幻燈放大放映來看效果更好，於是他們安裝了兩台幻燈機，警察會同全體相關人員著手實驗。他們使用的是實體幻燈機，這個時期日本這種機器還很罕見，因此布萊克對此加了很長的說明。

「好的，這個幻燈機有幾個種類。寫在玻璃板上，嵌進載盤，映在白紙或牆壁上的幻燈，世上有很多。學校的學生也經常使用，不過這種幻燈只能當作玩具，雖然是特別為了求學所用，但更好的是顯微鏡，無論再怎麼細小的東西，只要放進這個機器照出來，都能變成數倍的大小，確實用顯微鏡檢查，比起來更能看清一切。也有這種學者使用的高價幻燈，又非透明的產品，也就是把寫在宛如取紙的照片明信片上的東西，放進其外的載盤中，不管什麼都能照得很清楚。今日岩出竹次郎（律師的名字）帶來的，即為這一種的機器。」

然後故事實驗的結果，銀行的工友是凶手，青年員工與千金終於圓滿結婚。橫跨左右兩頁的插畫描繪實體幻燈放映的場面，白布上映著大手印，清楚呈現五根手指指尖的環狀紋、蹄狀紋等等。此外，這本書的封面是當時流行的西洋風著色石版印刷，描繪餐桌上放著實體幻燈機，旁邊是著洋裝的千金，身穿使臀圍變大的束腹，亭亭玉立，一手拿著血手印的身影。

這部《幻燈》不知是布萊克的創作，還是取材自英國當時小說的劇情，到了現在我仍全無頭緒，後文敘述提到的布萊克的講談中，也會出現淚香翻譯的英國流行作家Mary Elizabeth Braddon女士等人的作品，因此我認為這或許是來自英國的小說。這個原作是什麼，要找出偵探小說史上未曾留名的無名作家作品，在日本實在是怎麼也辦不到的事。

關於《幻燈》的作者，正岡容先生曾在《寶石》昭和二十二年一月號以「英國人落語家布萊克的偵探小說」為題發表隨筆介紹他：「明治時代，以西方風土人情為題材的單口相聲，經常能和大圓朝、初代燕枝[1]相抗衡，此當中即有一名人物是英國人落語家快樂亭布萊克。（中略）布萊克在幕末時，被身為記者的父親帶到日本，與父親一起投身於《日新真事誌》的報紙事業，到了明治初年，他受到自由民權的流行演講刺激，先從演說往說書發展，接著堪稱為三遊派一方的重要人物，於大正癸亥的大地震前後去世。身為外國人卻能在日本曲藝說書文化史上，留下鼎鼎大名的成就，與精通戲法的李彩、音曲的約翰•佩爾齊名的，就是這位快樂亭布萊克了。」在該篇隨筆中，正岡先生寫到他持有講談速記本《岩出銀行血染的手印》、《流之曉》、《車中的毒針》、《孤兒》、《草葉之露》

五本書，雖然他也有《幻燈》這一本書，但在疏散時遺失了。不過，正岡先生沒發現的是，這本《幻燈》和《岩出銀行血染的手印》內容相同。且讓我試著記下這些圖書目錄：

★明治二十五年六月，講談落語雜誌《東錦》第三號刊載《岩出銀行血染的手印》全文，英國人布萊克演說，石原明倫速記。

★明治二十五年十二月八日，改題為《幻燈》，今村次郎速記，由京橋本材木町的三友社發行。我所持有的是這本書，三十二開厚板紙芯的厚封面，著色石版印刷，本文九十七頁，與書記的淚香本的小型書完全相同的樣式。

★明治三十五年，淺草的弘文館又再次恢復原題《岩出銀行血染的手印》，以今村次郎速記的名義販售。順序如上所述。此外，根據村上文庫的「明治文學書目」，詳細記載布萊克的著述如下所述：

★明治十九年十二月，《草葉之露》布萊登女士原著，布萊克口述，市東謙吉筆記，芳年畫，前後合冊出版，三十二開兩百三十四頁。

★明治二十四年九月，偵探小說《薔薇娘》布萊克譯述（原作不明）今村次郎速記，三友舍[2]發行，三十二開厚板紙芯封面，兩百九十二頁。

★明治二十四年十月，《流之曉》布萊克演說，今村次郎速記、三友舍發行，三十二開厚板紙芯封面，兩百六十一頁。

★明治二十四年十月，偵探小說《車中的毒針》布萊克講述，今村次郎速記，三友舍發行，三十二開厚板紙芯封面，一百八十六頁。

★明治二十五年，偵探小說《幻燈》布萊克講說，今村次郎速記，三友舍發行，三十二開厚板紙芯封面，九十七頁。

★明治二十九年七月，英國小說《孤兒》金櫻堂，菊十六開，一百七十四頁。

這些加上前述明治三十五年的《岩出銀行血染的手印》，總共七本。我想應該還有其他的書出版，但我的資料並不清楚有哪些。我則持有上述中的《草葉之露》、《幻燈》，以及《車中的毒針》三本。

《寶石》一九五〇（昭和二十五）年十二月號

譯註1　兩者皆為日本知名落語家。

譯註2　應為三友社，疑為錯字，下文同。

原始法醫學書與偵探小說

《棠陰比事》的七十二對案件，大部分現在讀起來並不怎麼有趣，但其中並不是沒有令人覺得驚奇的有趣故事。在單純的機智故事中，例如審判親生母親之類的故事很多，以原始法醫學而言，我對「張舉豬灰」和「傳令鞭絲」這兩則故事感到最為興致盎然。

現在這種偵探小說是明治時期從西方傳入，但也不代表日本過去沒有類似偵探小說的東西，大岡政談之類的審案物語即為此類。

最早出版的這類書籍，是中國宋朝的《棠陰比事》，日文翻譯以平假名書寫成《棠陰比事物語》（慶安二年，一六四九年）。《棠陰比事》的原文書復刻則更早進行。再則是儒醫辻原元甫所著的《智惠鑑》（萬治三年，一六六〇年）。這本書的內容大部分取自明朝的《智囊》，蒐集了政治、軍事，以及其他百般世事的智謀術策故事，其第三卷「察智」即為審案故事。

接著問世的是西鶴的《本朝櫻陰比事》（元祿二年，一六八九年），這本書的題名仿照《棠陰比事》，但內容卻未必取自該書。其他還有《日本桃陰比事》、《鎌倉比事》、馬琴的《青砥藤綱模稜案》等等許多作品，而最古老的則是西鶴以前的三本書。

中國除了前述的作品以外，有許多像是「包公案」、「狄公案」、「施公案」、「彭公案」、「龍圖公案」等等的審案故事「公案小說」，但因為這些公案小說成書的時代很新，對馬琴的「模稜案」的影響不過些微而已。可以說日本的審案故事幾乎全是來自模仿宋朝的《棠陰比事》。

那麼《棠陰比事》算是此類書籍最古老的嗎？其實它還有源頭。《棠陰比事》的作者四明桂在書中的序文舉出《洗冤錄》、《晰獄龜鑑》[1]二書，並寫出他是仿照此二者著書。此二書一樣是宋朝時所寫，比《棠陰比事》更古老。

不過《洗冤錄》之類的書已經不算是娛樂讀物，而是法醫學書。它的體裁有系統地整理刀傷致死、毆打致死、溺死、燒死、縊死、毒死、姦死（甚至包含雞姦死）等等所有驗屍專業的知識，而且加上實例。縱使屍體經年累月後只剩下骨骸，也有確實詳細的研究。這麼遠古以前，竟然就有如此詳細的法醫學書問世，令人驚訝不已。

《棠陰比事》的內容則沒有這麼鄭重其事，它算是審案逸聞集，以兩起類似的案件為一對，三卷共收錄了七十二對的故事。所謂的「比事」的名稱由來，就是像這樣對照兩起案件。以現在的眼光來看，會覺得是一種蒐集名判官機智故事的超短篇小說集，書寫的當時，比起當作娛樂讀物，更大的意義是當作法官的參考書。作者也是這個意圖，擔任法官、檢察官要職的人們，似乎也把此書當作理想的參考書閱讀。

我現在不太清楚，這個《棠陰比事》的版本傳入日本後，眾人廣為閱讀的時間是什麼時候，但我推測在傳入的當時，日本大概也是當作審案的參考書閱讀吧。我想慶安二年問世，用假名寫的和裝本，當初也多半是當作參考書來閱讀吧。

《棠陰比事》的七十二對案件，大部分現在讀起來並不怎麼有趣，但其中並不是沒有令人覺得驚奇的有趣故事。在單純的機智故事中，例如審判親生母親之類的故事很多，以原始法醫學而言，我對「張舉豬灰」和「傳令鞭絲」[2]這兩則故事感到最為興致盎然。

前者是妻子殺害丈夫在家縱火，假裝丈夫誤被燒死的審案故事，法官牽出兩頭豬到法庭上，殺死一頭、另一頭活著投入火中焚燒，之後檢查豬的屍體口中，發現殺死後才焚燒的豬隻口中沒有灰；而活著焚燒的豬隻因為在火中呼吸，口中有灰。

出示此證據後，檢查燒死的丈夫屍體口中，一點灰也沒有，由此明白是妻子造假。

後者的故事是賣糖和造釘[3]店家的老婦人，各自都指控一束絲是自己家的。因為沒有其他證據看似難以判定，但法官把這束巨大的絲懸掛在天花板上，用木棍[4]有耐心地敲打。接著絲束下的地板堆積了宛如灰塵的細小鐵屑，可知這捆絲束是長期放在釘子店的東西，判決釘子店的老婦人勝訴。

用顯微鏡檢查附著在嫌疑犯衣服上，肉眼看不見的灰塵，弄清楚此人的職業以及最近曾待過的地點，這種微觀的鑑識法雖然是自從格羅斯（Hans Gross）與洛卡德（Edmond Locard）以後才有，而取下灰塵的方法，近幾年也設計出類似吸塵器的東西，吸取衣服上的灰塵，但原來一般執行的方法是脫下衣服，裝進大紙袋中，再輕輕地用木棍持續敲打，然後以顯微鏡檢查堆積在紙袋底部的灰塵。日本的警視廳一直到近幾年似乎也是用這個方法。「傳令鞭絲」的老婦人爭線的審判，原理上和這個微觀的鑑識法相同，如此遠古以前寫成的作品，早已看得見微觀鑑識的苗頭，我覺得實在有趣。順帶一提，這個故事是取自南朝的正史《南史本傳》。

若追溯至《棠陰比事》，我們可以發現法醫學、審案故事，以及偵探小說的來源都是同一個。實用型的是法醫、審案的參考書；而娛樂型的則是偵探小說的形式。這大概是東方獨特的形式，我想西方可能沒有這種例子。

《自警》一九五一（昭和二十六）年九月號

譯註1　應為《折獄龜鑑》，又名《決獄龜鑑》，是南宋人鄭克所著的案例集。
譯註2　應作傅令鞭絲。
譯註3　經查《棠陰比事》原文為「賣糖賣針者」。
譯註4　經查《棠陰比事》原文為「鞭之」。

驚悚之說

這未必是恐怖的驚悚，不過卻能由此體會到被澆了水一般的發冷感受，宛如大吃一驚，心跳異常的感覺，我不認為這和妖怪帶來的恐懼是截然不同的性質。

回想我剛開始迷戀偵探小說時的心情，當然是受到它那種理智文學、解謎、魔術文學的魅力所吸引，而與這種邏輯的魅力並進的，某些時候還有比這種魅力更深一層，是偵探小說或犯罪文學中所富含的驚悚魅力，我也明白這令我陶醉其中。我想這不只是我一人的感覺。熱愛理智文學的心，以及熱愛驚悚的心，我總覺得既不同又並非不同。愛倫・坡就親身示範了這件事，身為創始者的他，對偵探小說的愛有多麼深厚就不用說了，但他更是陶醉於驚悚中。而且他是前人未曾涉足的驚悚創始者。（說坡是驚悚作家或許讀者會有異議，可是我所謂的驚悚是什麼，讀者不久後就會明白）日本的許多偵探小說愛好者，比起理智也更喜愛驚悚，這麼說也不算偏頗。比斯頓（L. J. Beeston）和盧貝爾（Maurice Level）毫無懸念當然算是驚悚作家，但明顯是意義各自不同的驚悚作品。而且我認為這兩位作家在日本的偵探讀書界如此轟動的程度，應該沒有其他國家可以比擬了。以前延原謙先生曾經請書店轉交信給比斯頓，而據說回信中，比斯頓曾寫到，很開心在異國找到知己，他在本國並不像在日本一樣受歡迎，只出版了一兩本單行本而已。

「如果說歡迎他來日本，他或許會開心地遷居過來。」我記得延原先生如此說著笑了。暫且不談這位比斯頓，就看盧貝爾如此受歡迎，也知道大家對驚悚懷有對理智一樣不同尋常的喜愛，在這層意義上，總覺得不妨可以說日本的偵探讀書界直接繼承了始祖坡的血統。

對邏輯文學的偵探小說而言，驚悚並非必然的要素。一點驚悚要素都沒有的偵探小說並非不可能。可是，這其實是紙上談兵，現實中並沒有不含任何驚悚要素的偵探小說。甚至是被稱為純邏輯文學的坡的《瑪麗‧羅傑奇案（*The Mystery of Marie Rogêt*）》也是高級應時的作品，如果完全去除與現實犯罪事件不可思議的巧合，不用說將導致魅力減半。總之以現實為範本，這種殺人事件的驚悚感，是這部作品一半的要素。

道格拉斯‧湯姆森（H. Douglas Thomson）的《偵探作家論（*Masters of Mystery*）》中有一章「*Thriller*（驚悚）」，他在此章節老樣子引用了眾多的驚悚文學，當中舉出荷馬的《奧德賽》、莎士比亞的《馬克白》、坡的《陷阱與鐘擺（*The Pit and the Pendulum*）》、狄更斯的《艾德溫・德魯德之謎（*The Mystery of Edwin Drood*）》、柯林斯的《月光石》，以及加博里歐（Émile Gaboriau）與鮑福（Fortuné du Boisgobey）的各種作品，在各自的意義上都算是驚悚文學。華萊士、奧本海姆（Edward Phillips Oppenheim）、勒・克斯（William Tufnell Le Queux）、薩克斯・羅默（Sax Rohmer）等人當然算是驚悚文學作家，而湯姆森認為當中明顯的驚悚偵探小說作家是華萊士與麥森（Alfred Edward Woodly Mason），以及弗萊徹（Murray Fletcher Pratt）。

由此想法來看，菲力爾帕茨、班特萊（Bentley）、麥克唐納（Macdonald）等人的作品似乎也算是驚悚文學了，但至少把菲力爾帕茨、麥森、班特萊等人的作品稱為驚悚文學怎麼想也不適合。我想僅止於華萊士、勒・克斯、奧本海姆，以及薩克斯・羅默應該比較妥當吧。驚悚這個詞彙未必經常是湯姆森的用法，這個口語中經常圍繞著輕蔑的感覺。「那很驚悚」的語句中很難體察到敬意。從以前的用語例子來看，坡或狄更斯的作品被稱為驚悚作品，總覺得不相稱。

然而驚悚雖然不算是庸俗的名稱，還是難以否定湯姆森所舉出的各部作品多少把驚悚當成重大要素。不，豈止如此，應該說自古以來的重要文學幾乎毫無例外都帶有驚悚的魅力也不為過。（只是驚悚也有許多等級，Thriller這個行話和「恐嚇」、「給我哭吧」之類的口語意思相同，讓人覺得把它視為單指描寫庸俗低俗的驚悚妥當嗎？）我認為特別是偵探小說，可以說絕無不含驚悚元素的作品。湯姆森舉出的柯林斯、加博里歐，或是麥森，還算是浪漫主義的作家，但即使是完全相反的理智小說，出乎意料的也會把驚悚當成重大要素。譬如道爾的作品一方面屬於解謎文學，但也是具有相同強度的驚悚文學。雖然這應該沒有說明的必要，但讀者最好能透過道爾的某短篇或某長篇作品，仔細體會這個驚悚的重要性。到時應該會覺得很猶豫，到底解謎的魅力與驚悚的魅力哪個比較大呢？僅舉一例來說，他的作品中最受歡迎的《花斑帶探案》（這部作品獲得觀察家報〔*The Observer*〕的人氣投票第一名）故事中，如果去除在深夜的密室裡埋伏等候惡魔的恐怖、奇異的口哨、花斑的蛇等等驚悚感，那到底還剩什麼呢？

如果道爾不行，那就拿范・達因和艾勒里・昆恩來看也可以。《格林家殺人事件》在一棟大宅邸中接連有人被殺的恐懼、老太婆在深夜的宅邸內徘徊的恐怖，以及真凶是可憐的女孩，以上這些驚悚還有追趕汽車的緊張感，都在故事中採納使用。《主教殺人事件》中，童謠與殺人毛骨悚然的巧合不用說是最大的驚悚感，要是去除這個巧妙的驚悚元素，這部作品就會喪失大部分的魅力。而昆恩的作品，除了喀擦一下把頭斬下的T型磔刑以外，不須再多費唇舌說明，不容否認的是，無論哪部作品都帶有一些驚悚的重大要素。各位讀者可以拿起你印象深刻的任何偵探小說，試著靜靜地回憶，那部小說最有趣的地方是什麼？是解謎的邏輯魅力嗎？還是帶有謎團本身的驚悚魅力呢？接著或許你會大吃一驚，原來感到某種輕蔑的驚悚，沒想到竟然占了偵探小說趣味的大部分。

殺人（或者犯罪）雖然並非偵探小說的必要條件，但世上的偵探作家為什麼都不約而同地描寫殺人事件呢？那是因為他們追求驚悚。驚悚和犯罪一樣都不是偵探小說的必要條件。可是現實上，無論哪種偵探小說，我們都無法懷疑，驚悚是毫無例外採用的一項重大要素。

那麼，如果突然改變態度被問到究竟驚悚是什麼，任誰都只能含糊地回答吧！自古以來的詩人、文學家經常使用驚悚這個詞彙，但每個人用法各異，未必有固定的涵義。特別是後來出現Thriller，如同英語字典裡詳細記載的，不過只是口語而已，查文學辭典也沒有這個項目。儘管如此，我認為還是不要太過同意這個說法，在寫這一篇文章前，我試著查過《簡編牛津英語詞典》、《韋伯字典》、《Century》等等的大型字典，得知驚悚（Thrill）這個他動詞是以下的意思：（一）用錐子之類的尖銳物刺穿（二）使東西震動（三）給予宛如刺穿的感動引發發抖或心跳加速之類全身發疼的喜悅或恐懼或悲傷等等的激烈情感（四）投射長槍之類的；自動詞的意思則可以由此類推；名詞則是這個動詞的轉化。總之究其根源，應該是用銳器刺穿使之震動的具體動作，再轉用為（三）這種表達抽象感情的詞彙。簡單來說，我認為Thrill可以解釋為快樂（pleasure）與痛苦（pain）

一起給人尖銳急劇的感動。

這種尖銳的感動中卻有無限的等級。怎樣才算是驚悚，會根據接收者的情趣、知識的程度而有所不同。因此，不妨把驚悚的等級想成接收者的頭腦等級。擁有幾十萬讀者的娛樂雜誌所歡迎的驚悚，並不適用於其他小眾讀者的知識階級讀者。這類小眾讀者，多半會嘲笑幾十萬讀者喜愛的驚悚讀物稱之為所謂的Thriller，可是這些知識階級對自己所喜愛的驚悚，也要有所覺悟，他們也會被更高一層標準的人看不起。這就是人外有人的意思。

具體來說，有快感的驚悚，例如以前軍國主義的激情：在火車站迎接凱旋軍隊、小學生面對飄揚的國旗、軍樂雄壯威武的響聲、遠眺威風凜凜行進的軍隊，無不令人產生寒毛直豎發抖的快感，使人噙著淚水。水戶黃門或乃木將軍的浪花節，表演可憐的善人得到幫助，可惡的惡人「嘿嘿欸」磕頭的時候，這類場景也會令人感到某種心弦震動，激烈地撼動人心。「萬——歲、萬——歲」的口號聲中，很奇妙的充滿某種驚悚感。愛情的頂點也有驚悚感。無論男女、親子，在其頂點都有某種令人心情激動，不顧一切的喜極而泣境界。這種境界正是快感的驚悚。此外，談到別的例子，還有從鬥爭產生的驚悚，例如發出一聲：「哇——！」的戰鬥吶喊聲並全力突擊時的激動激情，即將戰鬥前的精神抖擻，在可以看到的所有運動競技中，也有拳擊的驚悚。當這些情感巧妙地運用在文藝作品上描寫時，當然也能給人相同的驚悚感吧！

而痛苦（pain）的驚悚首先是恐懼。（或許有的人會認為驚悚只限於這種恐懼的激情，但如同字典寫明的，驚悚當然不限於恐懼）殺人、沾滿鮮血、千刀萬剮、逆磔刑、拉鋸子、其他殺人與刑罰的肉體性驚悚、人體解剖、毒殺、疾病，以及手術之類的醫學性驚悚、與全世界為敵到處亂逃的罪犯，無棲身之所，難以忍受的恐懼，被追趕的驚悚、從斷崖、高層建築物等處墜落的恐懼、來自猛獸、野蠻人之類的感受冒險驚險；還有另一方面由妖怪、幽靈、生靈、天譴、佛罰、靈異現象等等的不可知物產生的驚悚屬於此類。主要描寫這種驚悚的是志怪小說、犯罪小說、冒險小說、偵探小說以及怪談等等，而偵探小說當然也採用了相當大量的這類元素。

接著是悲傷的驚悚。這類和偵探小說幾乎無緣，描寫對象是戀愛小說或家庭小說，或所謂的悲哀小說，例如破鏡的悲愁（《不如歸》）、貧苦病苦的悲愁（《筆屋幸兵衛》）、幫助小孩所謂賺人熱淚的驚悚（《非親生關係》）等等，這一類並不算少。再來我想憤怒的情感在其極端上也算驚悚。雖然很難找到適合的讀物例子，但戲劇中，反派角色百般折磨小生的角色、虐待媳婦的惡婆婆之類的演技達到頂點時，還是能讓人感到驚悚，甚至把女孩子氣哭，觀賞表演時不禁粗魯地把半塊榻榻米朝舞台扔過去。

以上舉例的激情，不問知識的程度，幾乎不須情趣的訓練，只要能讀文字的人都毫無例外可以理解，可以說是尋常而庸俗的驚悚作品。無論多麼原始的激情，根據不同的處理方式，也未必低俗，譬如笑也有像「搔癢」這種，意識到「給我哭」或「恐嚇」，毫無任何的深刻洞察，栩栩如生地描繪這些驚悚的作品，帶有輕蔑，不得不稱之為Thriller。說到庸俗的讀物，各位讀者應該可以聯想到充滿「渾身發冷」、「直打哆嗦」、「捏一把汗」、「提心吊膽」、「七上八下」、「猛然一驚」、「毛骨悚然」、「嚇了一跳」、「哎呀」、「吃驚」、「啊」、「啐」之類的語詞。這些詞彙正好可以活生生地呈現驚悚本身，庸俗的作品頻頻出現這些詞反倒是理所當然（在上述各式各樣的驚悚中，恐怖驚悚和偵探小說有很深的緣分，雖然其他的幾乎沒必要在這裡提及，但恐怖以外的快感痛苦也存在驚悚，甚至會吸引讀者的注意。因此，關於以下所述的高級驚悚，當然無論喜悅、悲傷、憤怒，都是高等級的驚悚，然而我打算省略這些，只侷限在恐怖小說）。

不過，驚悚並非單屬於上述的原始情感。這些情感的更上一級，是經過大致的思考後才覺得猛然一驚，帶有理智的要素，因此這種可怕比起原始情感更複雜，而且是更加深刻的一連串驚悚。

若要舉個現在能想到的顯著例子，身體愈掙扎愈一點一點地沉入，陷進無底的泥沼，這種人性的恐懼、雖有頑強的身體卻怎麼也無法抵抗的心情，表面上看來是固體，其實卻是無底深淵的異樣恐懼，時間經久後從腰到肚子、從肚子到胸口、頸部、下巴、口、鼻都沉沒，最後只剩掙扎的手指，連手指也看不見時，只剩下什麼都沒有，一動不動淤積的泥沼表面，這些所有的條件，無論比起哪種妖怪、比起哪種拷問，產生的驚悚感都更加深刻尖銳。

還有，例如遺失指南針，連續的陰天下在沙漠旅行的恐懼。一望無際的沙子，天空只有深灰色的雲朵，沒有任何太陽、月亮、星星指引方向。只能朝著推測的方向盲目地往前走。然而，就在此時他忽然這麼想：人類的左右腳會不會準確地踏出相同的步距呢？不不不，這種事不可能發生。接著，如果右腳的步距比左腳大一分，十步就是一寸，百步就是一尺，然後走了千步萬步百萬步後，就會造成意想不到的巨大差異，總之結果就是他在沙漠中永遠畫圓原地繞圈了。事實上，這就是為什麼發生的原因，而現實中僅僅因為這樣的構想，旅人將感到無窮的恐懼，肯定寸步難行。其他的例子，還有過早埋葬的驚悚。在地底的棺材中甦醒，任憑喊叫、掙扎都出不去的環境，這種恐懼也是比起現實，在想像中（亦即文學上）更深刻的一種驚悚。

幻想與夢的恐懼，是更上一層的驚悚。吸食鴉片者的夢境中出現的景象，比現實巨大幾十倍的風景或人物，總覺得令人毛骨悚然。德・昆西（Thomas Penson De Quincey）的《一個英格蘭鴉片吸食者的自白（*Confessions of an English Opium-Eater*）》，在這層意義上可以說帶有深厚的驚悚。與此相關，也有所謂的影像的恐怖。谷崎潤一郎先生的《人面疽》算是巧妙描寫出這種驚悚的成功作品。如此想來，驚悚從單一情感進展到加上知識，最後進入了心理的領域。

為什麼錯覺、忘事、意識的盲點等等，和偵探小說會結下深厚的緣分呢？無非是因為這些心理上的現象帶有無窮的驚悚。雖然不是偵探小說，坡的《斯芬克斯（*Sphinx*）》主題是有一隻死頭蛾跑下山，感覺像大怪物的錯覺驚悚；此外《陷阱與鐘擺》描寫黑暗中錯覺的驚悚：被扔進黑暗地下室的人，扶著牆壁摸索室內走路時，其實在方形的房間裡，卻感覺像是走在有無數直角的無限廣闊地方。此外，國內外的短篇偵探小說如何經常採用意識盲點的可怕，這裡就用不著說明了。

近代英美長篇偵探小說，有八成都以某種形式採用了一人分飾二角的謎題詭計，可笑的是，與其說這證明了作者們沒有好點子，不如視為證明一人分飾二角型的恐怖具有多麼深厚的魅力。這種恐怖也與雙重人格離魂病的傳說相關，而這個類型的代表作品則是史蒂文森（Robert Lewis Balfour Stevenson）的《化身博士（*Strange Case of Dr Jekyll and Mr Hyde*）》，也可以把這稱之為化身博士型的驚悚。此外一人分飾二角的反面是雙胞胎謎題詭計，代表此類恐怖的作品是坡的《威廉•威爾森（*William Wilson*）》、愛華斯（Hanns Heinz Ewers）的《布拉格的大學生（*Der Student von Prag*）》等等，我想可以暫且將這一類命名為威廉•威爾森型的驚悚。在這世上的某處，有個與自己的容貌一模一樣的人（搞不好他就在你身邊徘徊），不知道正在策畫什麼壞事，這種感覺是一種幾乎難以忍受的恐怖。說不定在某處擁擠的人群中，或是在毫無人影的暗夜十字路口上偶然遇到他，這種想像實在帶有可怕的驚悚感。自己雙重存在的恐怖，可以與鏡子的恐怖聯結。所謂的鏡子或是影子，在某些情況下給人非常強烈的驚悚感，雖然未必是普遍的情感，但正因如此，比起生命的恐懼或害怕妖怪更為特殊，我認為屬於更高一層的等級。

然而驚悚的等級並非到此完結。還有戰慄，這是更為純粹的心理，盤據於人心的種類。我之所以把類型納入自古以來的重要文學，是因為有許多類型的驚悚，會根據接收方的情趣或知識的程度而進入幾乎無限的深奧之處。若嘗試舉個誰都知道的周遭實例，譬如坡的《悖理的惡魔》描寫的驚悚感，就是一個顯著的例子。故事敘述一名男子儘管掩人耳目地犯下殺人罪，且不留下任何證據，只要守密就能保終生安全，這個必須沉默的想法卻令人不能忍受。愈是壓抑不能說、不能說，喉嚨深處就越像是留聲機一樣，隨便竄出那件萬不能說的事。這是多麼絕望的恐怖啊！而且他什麼地點不選，偏偏選了極為擁擠的大街正中央，害怕嚇得發抖，宛如失神一般，以擴音器似的扯開嗓門招供他自己的罪狀，最後被巡警逮捕。

雖然解釋有點不同，但杜斯妥也夫斯基的《罪與罰》也描寫了類似的驚悚。拉斯柯尼科夫犯下殺人罪後不久，他因為內心忍不住想看自己的殺人案報導上報，出門去了類似咖啡廳的地方。他在那裡點了一杯咖啡，借了店家一疊裝訂好的報紙，內心空虛地讀完那篇犯罪報導，然而就在他做這件事的時候，意外發現一位可怕的人物在面前的餐桌。此人名叫扎苗托夫，似乎曾是法院書記官，現為負責此案的警官，懷疑他是殺人凶手。兩人打了招呼，扎苗托夫若無其事地問道：「你這麼熱中在看什麼？」接著拉斯柯尼科夫回答：「看你急著想知道我就告訴你吧。你看，我借來這麼多報紙，到底在看什麼呢！」並且盡量把自己的臉靠近對方的臉，以竊竊私語的聲音大膽地說：「我那麼專心看的，就是那件老太婆被殺的案件啊！」作者描寫他就這樣一言不發，注視著身為對手的眼睛，整整維持了一分鐘。

之後，當服務生來收咖啡錢時，拉斯柯尼科夫從口袋取出一大把鈔票，向扎苗托夫炫耀，接著忍不住顫抖著脫口說出：「看啊，這裡有多少錢？這是二十五盧布，這是打哪來的，你很清楚吧。我不久之前才身無分文的不是嗎？」

提到杜斯妥也夫斯基，任取一部他的作品來看，都是我所謂心理性驚悚的寶庫，說他幾乎像百科辭典一樣網羅了這世上所有類型的驚悚也不為過。把杜斯妥也夫斯基稱為驚悚文學作家，或許會受到一般大眾的批評，但請大家嘗試用這種角度來觀察他。無論拿哪一部作品來檢驗都可以，各位一定可以從其中找到一本驚悚的寶山。我拿杜斯妥也夫斯基的作品反覆讀了好幾次，我可以大膽地斷言，之所以看好幾次也不膩，是因為它充滿了我喜歡得不得了的驚悚魅力。

《卡拉馬助夫兄弟們》的開頭方式，大部分的人都不覺得有趣，甚至在佐西馬長老的傳記中，都充滿了非凡的驚悚。當然這並非只有恐怖的驚悚。地獄的驚悚也同時有天國的驚悚。總之，巧妙來說，杜斯妥也夫斯基是「驚悚的惡魔」，也是「驚悚的神明」。

我試著從佐西馬傳中只舉一個我最愛的驚悚例子說明：青年時的佐西馬曾有為愛癡迷而決鬥的故事，然而事到臨頭，他只讓對方開槍，而自己並未開槍就結束了決鬥。這是因為後期的長老佐西馬神聖的思想對他發生了作用。於是他搖身一變為社交界的紅人，許多大人物都來和他往來。因此五十歲左右，他就是一名有地位有財產的傑出紳士了。有個男人每天都來拜訪青年佐西馬。然後向他坦白自己以前曾經犯下為愛癡迷的殺人案，跟他約定要向社會公開此事。以決鬥時的佐西馬神聖的行為為榜樣，他說自己也不得不坦白。

可是他怎麼也無法向社會坦白一切。只是每天來拜訪青年佐西馬，告訴他：「坦白後的瞬間，該是多麼天堂啊！」然後第二天還是一臉優柔寡斷的蒼白臉色。「你看我的表情好像在說：『你還沒招供對吧？』請再等我一會兒，這件事並不像你想的那麼容易，說不定我根本不會認罪。如果這樣，你會不會去告發我？」他說道。佐西馬開始害怕對方的苦惱，覺得自己無法正視他的臉。「我剛才從妻子身邊來的，你應該不明白妻子和孩子是什麼吧。我希望社會可以饒恕我的妻小，讓我一輩子痛苦就好。妻小和我一起毀滅是對的嗎？」他以乾燥的嘴唇哀求道。佐西馬則給他勇氣說：「招供才是對的。」

結果他說：「那我就招供吧，我不會再來見你了。」離開後過了不久，他說自己忘了什麼東西又回來了。然後他和青年佐西馬兩人面對面坐在椅子上，一動不動地凝視著對方的臉大概兩分鐘，然後忽然露出微笑，令佐西馬嚇了一跳。之後他站起身吻了佐西馬，這次他真的要回去了，但離別之際留下了奇怪的話：「請記住我第二次來的事情，喂、喂，可以好好記住嗎？」

第二天，他把人們叫到自己的宅邸坦白一切。然後就在人們與法院都半信半疑的時候，他就因病去世了。當佐西馬去他的病床旁找他時，他輕輕地悄聲說道：「你記得我第二次去你家的事嗎？我說過請你要記得吧，你覺得我是要做什麼才回去的？我那時候是為了殺你才去的。」

這樣寫出劇情無法傳達故事真正的況味，只能請讀者自己讀讀這個部分了，但我非常喜歡這個驚悚感。我喜歡到只要談到杜斯妥也夫斯基的驚悚，腦中就會立刻浮現這段故事。這一段就像魚鱗一樣層疊，有好幾層的驚悚重疊。這些驚悚層的中心，閃耀著如同蛇眼的驚悚，是驚悚中的驚悚。

談到杜斯妥也夫斯基的驚悚，沒有止境。就算立刻能背出來的，也不只五、六個。殺人者拉斯柯尼科夫在人來人往的馬路上，突然跪下親吻大地，這並非一種恐怖，卻是一種非常強烈的驚悚；《永遠的良人（*Вечный муж*）》的人物和可能殺害自己的男人，同房共眠的場面，算是幾種驚悚；《卡拉馬助夫》的德米特里以輕視的態度收了未婚妻三千盧布，假裝好像和其他女人把那筆錢花光，但其實把一半的一千五百盧布縫在衣服的領子上藏起來，這種事感覺比起殺人和竊盜更加恥辱，然而描寫最終坦白實情的場面，確實帶有深刻的心理恐怖。我覺得這是一種驚悚。

若談到其他作者，安德列耶夫的短篇成名作算是好例子。雖然上田敏博士翻譯過，但我在約二十年前，第一次讀的是《斯特蘭德雜誌》的英文翻譯版，留下深刻的印象直到現在都忘不了。劇情描寫主角因為癡情復仇，殺了某女子和她的情人後，為了避免被處罰，假裝發瘋，後來達成目的被送進精神病院，自己本來是裝瘋的，可是卻因為荒唐的誤解，心理上受到是否真的發瘋的可怕懷疑所折磨。突然察覺錯誤的瞬間，當然令人感到一種巨大的驚悚感，不過我無法忘懷的，倒是形成殺人動機的一個場面。那個地方是火車站，火車正要出發，大時鐘顯示幾點幾十分。他下定決心對意中人傾訴自己的心意，吐露心意時還緊張得冒汗。這時對方女子卻覺得非常可笑地笑了出來，還一直笑不停，實在是令人臉色鐵青的侮辱。此時他怎麼應對呢？生氣離開嗎？含淚低頭嗎？不不不，他也一樣笑了。那個笑是他這輩子都忘不了的笑。然後，正因為他自己的笑，以致最終犯下殺人罪。這個主角過於殘酷的笑，令我感覺到一種巨大的驚悚。這未必是恐怖的驚悚，不過卻能由此體會到被澆了水一般的發冷感受，宛如大吃一驚，心跳異常的感覺，我全然不認為這和妖怪帶來的恐懼是截然不同的性質。

這些驚悚若對於在我以上或以下的感受性來說，或許不算驚悚吧。可以說驚悚完全是由接收的人的感受性所決定。再怎麼小的蜘蛛我都會怕；然而對許多人來說，蜘蛛絲毫不可怕。我看見自己映在凹面鏡中的臉，對過分擴大的自己感到驚心發抖；可是，對許多人而言，凹面鏡只不過是有趣的玩具。雖然這不過是具體的一個例子，但是更抽象的，像是心理的恐怖，我想也是因人而異，難以客觀地界定驚悚的範圍。雖然又重複了一次：驚悚是有等級的。我認為雖說低等級的只有輕蔑的價值，但也不該以相同原則衡量高等級的驚悚。

關於驚悚，雖然我還有許多想陳述的事，但愈有條理地寫出來後，愈無法讓想法有系統，姑且就寫到這裡結束吧。只是，為什麼我會特意試著寫出全然明瞭的事呢？一般人或許覺得有驚悚感是很清楚的事，且讓我用一句話說明理由。

年輕的各位讀者或許有一種傾向：不清楚驚悚的涵義，只從 Thriller 這個鄙視的詞彙聯想，一律認定為庸俗之物。有這種想法是因為年輕人的評論中，往往只會看到他們以低俗的意義使用驚悚這個詞。

另一個原因是，對偵探小說范・達因流派的想法不滿。范・達因流漏出的口氣似乎是偵探小說應該要和解謎的趣味以外的所有文學要素絕緣，但如果遵守他的論調，驚悚也是那些該絕緣的要素之一。這種想法說純粹是純粹，以討論而言是不錯，要是有遵從這個法則的偵探小說存在（如果有的話），當然是最理想的一種形式，但若想以此約束所有的偵探小說，結果只會招致「偵探小說的貧乏」。

即使驚悚絕緣論不追溯至范•達因，我們在日常也經常能看到。以我身邊最近的一個例子來看，上個月號《新青年》的縮印本，圖書館的開頭翻譯了塞洛德女士的偵探小說論就有這段文字：「當然Thriller有Thriller的世界，可是我們偵探小說迷不在這個世界裡。我們不追求殺人事件的驚悚，犯罪的kick（刺激）也沒有用途。犯罪只是一個解決條件，解決犯罪才是重要的。」這裡說的只是所謂的Thriller，或許還不到我前述的高級驚悚，但是即便如此，偵探小說排擠驚悚的潔癖，結果只會使偵探小說貧乏而已。與其以這種方式思考，不如讓偵探小說的「邏輯」和犯罪文學的「心理」結婚，使兩者的魅力交織在一起，這樣偵探小說才有未來不是嗎？以實際層面來說，也只有在理論上行得通，實際上並沒有與驚悚絕緣的偵探小說。如果「犯罪」的驚悚沒有用途，那麼似乎也可以寫出完全沒有「犯罪」的解謎小說，但無論怎樣的純粹論者，也都無法和「犯罪」切斷關係。也就是說，這不就證明，世上偵探小說的出發點，都是源自驚悚了嗎？

《Profile》一九三五（昭和十）年十二月號

作者註

戰後「心理性 Thriller」的意識抬頭，比起解謎與邏輯的偵探小說，反倒開始認為這是高級的作品；但在戰前說到 Thriller，是低級偵探小說的代名詞。本篇文章是針對戰前的常識所寫。

附錄

附錄

江戸川亂步短篇傑作選〈算盤傳情〉

○○造船股份有限公司會計部的T，今天不知道怎麼了，一反常態老早就來到辦公室。接著他走進會計部的辦公室後，把外套和帽子掛在一旁的牆上，顯然靜不下來的樣子，東張西望地環視室內。

距離上班時間九點還相當久，因此辦公室沒有任何人進來。只見刺眼的早晨陽光，照亮了多張並排的廉價辦公桌上堆積的白色灰塵。

T確認空無一人後，沒有走到自己的座位，卻悄悄坐在他隔壁，擔任他助手的年輕女事務員S子的辦公桌前。接著他一副要偷什麼東西的樣子，從書架中取出和許多賬簿一起豎立擺放的一把算盤，放在辦公桌的邊緣，以極為熟練的手勢，劈哩啪啦地撥起算盤。

「十二億四千五百三十二萬兩千兩百二十二圓七十二錢，呵呵。」

他宣讀算盤上這筆非常龐大的金額，露出玄妙的笑容。接著他維持那把算盤的數字，盡量放在S子容易看見的位置，再回到自己的位子，若無其事地開始那天的工作。

不久後，一位事務員開門進來了。

「嗨，你今天特別早啊。」

他驚訝地向T打招呼。

「早安。」

T以喉嚨緊縮的聲音，內向地回答。如果是一般的事務員同事，應該會開個歡樂的玩笑，但知道T正經性格的人，只是尷尬地直接默默到自己的位子，取出賬簿之類的發出砰砰的聲響。

不久後事務員們一個接一個進來了，而其中當然也包括T的助手S子。她對隔壁座位的T禮貌地打聲招呼，坐到自己的辦公桌。

T一臉拚命工作的表情，並偷偷地注意她的動作。

「她會不會發現桌上的算盤呢？」

他提心吊膽，側眼偷看著她。然而讓T失望的是，她一點也不覺得桌上有算盤很奇怪，迅速就把算盤推到一旁，取出書背皮脊寫著「成本計算簿」的大賬簿，在桌上攤開。T見此好生失望，他的計畫徹底失敗了。

「不過，失敗一次而已用不著失望。我只要多試幾次直到S子發現就行了。」

T在心裡這麼想，總算重振起精神。然後他一如往常的正經八百，努力完成交付的工作。

其他的事務員都各自開開玩笑、發發牢騷，整天吵吵鬧鬧的，只有T不加入這群人，一直沉默寡言埋頭工作直到下班時間。

「十二億四千五百三十二萬兩千兩百二十二圓七十二錢。」

第二天T也在S子的算盤上撥了相同的金額，並放在桌上顯眼的地方。然後跟昨天一樣，積極地注視著S子來上班到座位時的樣子。沒想到，她還是什麼都沒發現，把那把算盤推到旁邊。

隔天、再隔天，五天都重複同樣的事。然後，到了第六天的早上。

那天S子不知為何比平常更早來上班。那時T剛好把那個金額撥在S子的算盤上，才剛回到自己的座位，所以顯得非常驚慌失措。該不會剛才撥算盤的時候被看見了吧？他戰戰兢兢地看了S子的臉。不過幸運的是，她好像一無所知，像平常一樣禮貌地打招呼後，就坐到自己的座位了。

辦公室只有T和S子兩人。

「這次的XX丸號終於到了安裝鍋爐的時候了，製造成本也增加非常多吧！」

T為了掩飾難為情，問了這件事。膽小的他即使遇到如此絕佳的機會，也無法開口提工作以外的事。

「對啊，含工資已經超過八十萬圓了。」

S子瞥了一眼T的臉，以認真的口氣回答。

「這樣啊，這次的工作實在是件大工程。不過很不錯，因為可以把東西強行雙倍賣出去。」

哎呀，我怎麼會說出這種荒唐卑鄙的話。T一察覺到這點，不由得臉都紅了。T非常在意這種一般人根本覺得沒什麼的事。然後他意識到自己臉紅被對方看見，讓他的臉頰更熱了。他一邊奇怪的乾咳，一邊把臉轉向不同的方向，想要敷衍過去。可是Ｓ子其實並未發現這位嘴上留著漂亮鬍子的上司Ｔ，竟然為了這種事狼狽失措，無心地隨聲附和他的話。

就這樣當他們有一搭沒一搭對話的時候，Ｓ子忽然盯著桌上的那個算盤。Ｔ不自覺吃了一驚，注意她的眼神，但她只是疑惑地看了一下那個大得誇張的金額，又立刻抬起眼睛繼續對話了。Ｔ只好又再次失望。

之後的幾天，他固執地繼續做相同的事。Ｔ每天早上都以非常開心的心情等待Ｓ子到她的位子。但是過了兩天、三天，Ｓ子也對回家時收到書架上的算盤，早上來了一定放在桌子的正中央，感到很可疑。而且她似乎也發現算盤上總是出現相同的數字，某次甚至還出聲讀了那個十二億四千云云的金額。

然後，Ｔ的計畫終於在某天成功了。這時距離第一次已經過了兩個星期，那天早上Ｓ子比平時盯著那個算盤更久。她歪著頭好像在沉思什麼；Ｔ也忐忑不安，異常積極地凝神注視著她的表情，以免看漏了任何些微的變化，這是令人窒息的幾分鐘。而過了一會兒，Ｓ子好像突然恍然大悟，轉頭看他的方向。接著兩人的視線不期而遇。

T覺得那個瞬間，她肯定明白一切了。原因是當她察覺T別有深意的凝視後，突然就滿臉通紅地把頭轉回去。不過，視不同情況而定，她可能也只是因為察覺被男人盯著看，覺得害羞而臉紅，但對於當時喪失理智的T來說，無暇思考到這點。他自己也臉紅，卻非常滿足，心裡飄飄然地注視著她那染成鮮紅的美麗耳垂。

故事到這裡必須對T這個不可思議的行為稍加說明。

我想讀者已經猜到了，T是個非常內向的男人，而且對女人就更嚴重了。雖然他才剛畢業沒多久，到今天也將近三十歲了，竟然沒談過半次戀愛，不，他甚至不曾和年輕女性好好聊過。當然並不是他都沒機會，而是他那旁人一點也無法想像的膽小性格惹的禍。其中一個原因，是他對自己的容貌沒有自信。他很怕糊塗地告白被人拒絕。儘管膽小，自尊心比別人更強的他，對於這種求愛被拒時造成的尷尬與難為情，感到無比恐懼。「沒看過那麼討人厭的人。」對容貌沒自信的他，耳邊不斷聽見這種令人毛骨悚然的話。

然而那樣的他，看來這次也忍不住了，S子是如此擄獲了他的心。可是，他當然還沒有直接坦然表達愛意的勇氣。有沒有什麼即使被拒絕也不會丟臉的方法呢？膽怯的他有了這樣的念頭。於是，這種男人以特有的異常固執，想了種種方法後又否決，反覆想了又否決。

他在公司和S子並坐辦公時，還有和她若無其事地互相討論工作時，都不斷想著這件事。不管記賬還是打算盤時，無時無刻都不曾忘記。於是到了某一天，當他在打算盤的時候，忽然想到一招妙計。

「或許這有點難以理解，但這樣做就萬無一失了。」

他滿意地竊竊一笑。他的公司每個月分兩次支付幾千名工人薪水，會計部的工作就是每次根據工廠轉送來的打卡單，計算每名工人的薪水，再放進每個人的薪資袋，親手交給各部的領班。為此需要數名人員負責計算薪水，因為這工作非常忙碌，許多時候需要會計部有空的人全體出動，幫忙核對或協助其他工作。

此時為了記賬方便，總是需要把幾千張卡依照工人姓名的首字（伊呂波順，日文假名的傳統排列法）分類排序。一開始採取的方法是把桌子挪開，到寬廣的地方，只依照「伊呂波」的順序排列，但這樣太費事了，就改成先分類一次「アカサタナハマヤラワ（A KA SA TA NA HA MA YA RA WA）」，再各自繼續分類「アイウエオ（A I U E O）」或「カキクケコ（KA KI KU KE KO）」。因為一直這麼排列，會計部的人已經對日文五十音的位置倒背如流了。譬如說到「野崎（NOZAKI）」，就會立刻想到這是第五行（ナ行）的第五個字。

T反向應用這個方法，藉由算盤上代表的數字，做出簡單的暗號通信。也就是說，要表達ノ（NO）這個字，只要在算盤上撥出五十五就可以了。雖然數字不斷連接或許有點難以解讀，但只要仔細觀察，因為這是平常熟悉的數字，遲早肯定會發現。

那麼我們就試著解開看看，他到底傳了什麼訊息給S子吧！

十二億是第一行（ア行）的第二個字的意思，所以是イ（I）；四千五百是

第四行（タ行）的第五個字ト（TO）；依此類推，三十二萬是シ（SHI）；兩千兩百是キ（KI）；二十二圓也是キ（KI）；七十二錢是ミ（MI）。結果正是「いとしきみ（可愛的妳）」。

如果要親口說出「可愛的妳」，或寫成文章，T應該會害羞得辦不到吧，但像這樣用算盤表達就無所謂了。即便被其他人發覺，也可以搪塞這是算盤的珠子偶然排成這樣。最重要的是，這和寫信之類的不同，不用擔心留下證據。不得不說實在是萬全之策。幸運的話，S子破解也願意接受當然最好；萬一結果不如人意，對她來說也和訴諸語言或書信表達不同，既然她無法公然拒絕，也就不可能對別人張揚了。這麼看來這個方法似乎成功了。

「看那個S子的舉動，十之八九應該不會失望了吧。」T覺得這下真的沒問題了，接著這次稍微改了金額，撥出「六十二萬五千五百八十一圓七十一錢」。

他又持續撥這個數目過了幾天。只要應用和之前相同的方法來看，立刻就會明白，這個意思是「ヒノヤマ（HINOYAMA）」，也就是樋山，這是位在離公司不遠的小山丘上，這個城鎮的小型遊樂園。T甚至開始用這方法通訊約會的地點。

到了某一天，儘管T已經確信S子和他有充分的默契，但他還是沒有勇氣提起工作以外的話題，老樣子和S子的話題還是只有賬簿之類的事。於是，在他們稍微中斷對話後，S子目不轉睛地看著T的臉，在她可愛的嘴角浮現一絲笑容說道：

「把算盤放在這裡的人是你吧？已經很久了吧，我早就在想到底是怎麼回事了。」

T大吃一驚，要是在此時否認的話，難得的苦心就白費功夫了，因此他鼓起全身的勇氣如此回答：

「對，是我。」

然而可悲的是，他的聲音發抖得厲害。

「哎呀，果然是這樣，呵呵……。」

然後她立刻轉移到別的話題，但 T 永遠忘不了那時 S 子所說的話。她到底為什麼要說那樣的話呢？或許也能解釋成肯定我了，但才剛這麼想，又看她一副完全天真無邪，什麼也沒發現的模樣。

「女人的心，我真是弄不明白。」

事已至此，他只能嘆息。

「不過，無論如何就堅持到底看看吧。縱使她已經有感覺，還是很害羞吧。」

他沒想過這完全是他自己一廂情願。於是到了隔天，這次他乾脆撥出「二十四億六千三百二十一萬六千四百九十二圓五十二錢」。

「ケフカヘリニ（KE FU KA HE RI NI）」也就是「今天下班後」的意思。就這樣一不做二不休，一次解決吧。今天下班後她如果能來樋山的遊樂園當然最好；如果不來的話，這次的計畫就完全失敗了。

明白「今天下班後」的意思時，純真的少女一定會非常心緒不寧。可是她卻一本正經不在乎的模樣，這是怎麼回事？哎呀，到底是吉是凶，多麼令人著急。

T只有這一天急切盼望著下班時間，急得不得了，工作幾乎已經心不在焉了。

但是不久後，等了又等的下班時間四點終於到了。辦公室四處響起啪嗒啪嗒收拾賬簿之類的聲音，性急的人已經連外套都穿上了。T一聲不吭地按耐住著急的心，注意S子的樣子。他認為如果她打算依照他的指示去指定的地點，即使再怎麼偽裝不在乎，回家打招呼的時候，態度上絕不可能看不出端倪。

可是，哎呀，果然還是不行嗎？她向T和往常一樣禮貌打聲招呼後，就取下掛在牆壁的圍巾，開門走出辦公室了，從她的表情和態度，完全找不到任何與平常不同之處。

困惑不安的T發呆目送她的背影離去，連離席起身的動作都沒有。

「活該！像你這種男人，只要一年到頭努力工作就好了，沒有談戀愛的資格。」

他不禁咒罵起自己，接著他以喪失光芒的悲傷眼神，直盯著一個點，始終不停陷入沒有價值的沉思中。

不過過了一會兒，他忽然發現了某樣東西。直到剛才他都一點也沒發現，S子收拾得很乾淨的桌上，這個東西是怎麼回事。就像他每天早上做的一樣，那把算盤不是好好地擺在那裡嗎？

意想不到的喜悅，突然躍上他的心頭。他猛然靠過去，試著讀出上面呈現的數字。

「八十三萬兩千兩百七十一圓三十三錢。」

痛快的熱流在他的腦中擴散。於是，他的耳畔響起如同連敲的鐘聲般，驟然加快的心跳。那把算盤上撥出了和他的暗號相同邏輯的「ゆきます（YU KI MA SU）（我會去）」。這不就是S子留給他的回答嗎？

他馬上取下外套與帽子，甚至忘了收拾桌上，就立刻飛奔出辦公室了。然後他一邊想像著S子在那裡靜靜佇立，焦急盼望他來的模樣，一邊上氣不接下氣地跑到樋山的遊樂園。

雖說這裡是遊樂園，不過只是在小山頂上的一塊小廣場，有一兩家茶攤在此營業。除了視野良好以外，就是個沒有可取之處的地方。仔細一看，就連那家茶攤都已經打烊，空蕩蕩的廣場上，只剩不久就要天黑的紅褐色陽光，在地上留下長長的樹木影子，半個人影也沒有。

「那麼她一定是為了換衣服，先回家了吧。難怪了，仔細想想，穿那件舊褐紅色的和服褲裙，一身事務員的打扮才不會來吧。」

因為算盤的回覆而完全放心的他，坐在扔到外面的茶攤折凳上，抽著菸，品嘗著有生以來第一次等待的痛苦，不知為什麼，別說痛苦了，感覺還非常甜蜜。

可是，S子一直都沒來。附近已經漸漸昏暗了。烏鴉群悲傷的叫聲，以及鄰近的火車站傳來的汽笛聲，T一人孤伶伶地坐在廣場正中央，這些聲音在他心中聽起來很淒涼。

不久後夜晚來臨。豎立在廣場四處的電燈開始亮起寒冷的光。這下子連T也不由得感到不安了。

「說不定是她家人難搞不准她出門。」

現在這是他唯一的希望。

「還是難道我誤會了？說不定那根本不是什麼暗號。」

他焦躁地在那附近繞來繞去。心裡宛如空洞一般，只有頭腦火燙發熱。S子的各種姿態、表情、言語，一個接一個在他眼前浮現。

「她一定也在家裡悶悶不樂地擔心我吧。」

這麼想的時候，他的心臟彷彿像發高燒一樣激烈跳動。可是，有時又有一種無比悲傷的焦躁襲來。於是，他覺得自己在這種寒天中等待不會來的人，始終在這種地方徘徊，實在笨得令人氣憤。

他大概空等了兩小時以上。已經再也忍不下去的他，不久後拖著沉重無力的步伐開始下山。

然後等到他大概下山一半時，他恍然大悟地在那裡呆立不動。忽然有個出乎意料的想法在他的腦海中浮現。

「可是，這種事果真可能發生嗎？」

他本想把這種荒謬的想法一笑置之。可是，懷疑一旦浮現就不易消除了。他若不確認看看就無法靜下心來。

於是他匆匆忙忙折返公司。然後要工友打開會計部辦公室的門，立刻走到S子的桌子前，取出豎放在書架上的成本計算簿，翻開填寫XX丸號製造成本的部分。

「八十三萬兩千兩百七十一圓三十三錢。」

這是多麼巧合的奇蹟啊。這個結算結果的總計金額竟偶然地和「我會去」的暗號一致。今天S子不過是算完這筆總計金額後，忘記收拾就回家而已。而且，這絕不是什麼戀愛的信息，只是沒有靈魂的數字堆砌罷了。

太過驚訝令他目瞪口呆，他以一種奇異的表情，恍惚地遠眺著那個可恨的數字。他的腦中喪失所有的思考能力，只是清楚浮現出S子在這十幾天一點也沒察覺他悲慘的焦慮，發出那爽朗的笑聲，在溫暖的家庭中天真談笑的模樣。

小感日常11

和日本文豪一起推理【下冊】

——江戶川亂步的犯罪心理筆記

作　　者　江戶川亂步
譯　　者　陳冠貴
版本出處　網路圖書館青空文庫
策　　畫　好室書品
特約編輯　陳靜惠、盧琳
校對協力　鍾宜芳
封面設計　白日設計
內頁排版　洪志杰

發 行 人　程顯灝
總 編 輯　呂增娣
主　　編　徐詩淵
編　　輯　鍾宜芳、吳雅芳、黃匀薔
美術主編　劉錦堂
美術編輯　吳靖玟、劉庭安
行銷總監　呂增慧
資深行銷　謝儀方、吳孟蓉
發 行 部　侯莉莉
財 務 部　許麗娟、陳美齡
印　　務　許丁財

出 版 者　四塊玉文創有限公司
總 代 理　三友圖書有限公司
地　　址　一〇六台北市安和路二段二一三號四樓
電　　話　(02) 2377-4155
傳　　真　(02) 2377-4355
電子郵件　service@sanyau.com.tw
郵政劃撥　05844889 三友圖書有限公司

總 經 銷　大和書報圖書股份有限公司
地　　址　新北市新莊區五工五路二號
電　　話　(02) 8990-2588
傳　　真　(02) 2299-7900

製版印刷　卡樂彩色製版印刷有限公司

初　　版　二〇一九年九月
定　　價　新台幣二六〇元
ＩＳＢＮ　978-957-8587-90-8（平裝）

國家圖書館出版品預行編目 (CIP) 資料

和日本文豪一起推理（下冊）：江戶川亂步的犯罪心理筆記 / 江戶川亂步著 ; 陳冠貴譯 .-- 初版 . -- 台北市 : 四塊玉文創 , 2019.09
面 ;　公分 . -- (小感日常 ; 11)
ISBN 978-957-8587-90-8(平裝)

1. 偵探小說 2. 推理小說 3. 文學評論

812.7　　108013664

廣 告 回 函
台北郵局登記證
台北廣字第2780號

地址：　縣/市　鄉/鎮/市/區　路/街

段　巷　弄　號　樓

SANYAU

三友圖書有限公司 收

SANYAU PUBLISHING CO., LTD.

106　台北市安和路2段213號4樓

SANYAU
三友圖書
讀書俱樂部

「填妥本回函，寄回本社」，即可免費獲得好好刊。

粉絲招募歡迎加入
臉書／痞客邦搜尋
四塊玉文創／橘子文化／
食為天文創
三友圖書－微胖男女編輯社
加入將優先得到出版社
提供的相關優惠、
新書活動等好康訊息。

四塊玉文創 / 橘子文化 / 食為天文創
三友圖書－微胖男女編輯社

http://www.ju-zi.com.tw
https://www.facebook.com/comehomelife

【黏貼處】對折後寄回，謝謝。

親愛的讀者：

感謝您購買《和日本文豪一起推理【下冊】：江戶川亂步的犯罪心理筆記》一書，為感謝您對本書的支持與愛護，只要填妥本回函，並寄回本社，即可成為三友圖書會員，將定期提供新書資訊及各種優惠給您。

姓名＿＿＿＿＿＿＿＿＿＿ 出生年月日＿＿＿＿＿＿＿＿＿＿

電話＿＿＿＿＿＿＿＿＿＿ E-mail ＿＿＿＿＿＿＿＿＿＿

通訊地址＿＿＿＿＿＿＿＿＿＿＿＿＿＿＿＿＿＿＿＿

臉書帳號＿＿＿＿＿＿＿＿＿＿ 部落格名稱＿＿＿＿＿＿＿＿＿＿

1 年齡
□ 18 歲以下 □ 19 歲～ 25 歲 □ 26 歲～ 35 歲 □ 36 歲～ 45 歲 □ 46 歲～ 55 歲
□ 56 歲～ 65 歲□ 66 歲～ 75 歲 □ 76 歲～ 85 歲 □ 86 歲以上

2 職業
□軍公教 □工 □商 □自由業 □服務業 □農林漁牧業 □家管 □學生
□其他＿＿＿＿＿＿＿＿

3 您從何處購得本書？
□網路書店 □博客來 □金石堂 □讀冊 □誠品 □其他＿＿＿＿＿＿＿＿
□實體書店＿＿＿＿＿＿＿＿

4 您從何處得知本書？
□網路書店 □博客來 □金石堂 □讀冊 □誠品 □其他＿＿＿＿＿＿＿＿
□實體書店＿＿＿＿＿＿＿＿
□ FB(四塊玉文創 / 橘子文化 / 食為天文創　三友圖書－微胖男女編輯社)
□好好刊（雙月刊）□朋友推薦 □廣播媒體＿＿＿＿＿＿＿＿

5 您購買本書的因素有哪些？（可複選）
□作者 □內容 □圖片 □版面編排 □其他＿＿＿＿＿＿＿＿

6 您覺得本書的封面設計如何？
□非常滿意 □滿意 □普通 □很差 □其他＿＿＿＿＿＿＿＿

7 非常感謝您購買此書，您還對哪些主題有興趣？（可複選）
□中西食譜 □點心烘焙 □飲品類 □旅遊 □養生保健 □瘦身美妝 □手作 □寵物
□商業理財 □心靈療癒 □小說 □其他＿＿＿＿＿＿＿＿

8 您每個月的購書預算為多少金額？
□ 1,000 元以下 □ 1,001 ～ 2,000 元 □ 2,001 ～ 3,000 元 □ 3,001 ～ 4,000 元
□ 4,001 ～ 5,000 元 □ 5,001 元以上

9 若出版的書籍搭配贈品活動，您比較喜歡哪一類型的贈品？（可選 2 種）
□食品調味類 □鍋具類 □家電用品類 □書籍類 □生活用品類 □ DIY 手作類
□交通票券類 □展演活動票券類 □其他＿＿＿＿＿＿＿＿

10 您認為本書尚需改進之處？以及對我們的意見？
＿＿＿＿＿＿＿＿＿＿＿＿＿＿＿＿＿＿＿＿

感謝您的填寫，

您寶貴的建議是我們進步的動力！

【黏貼處】對折後寄回，謝謝。